KB203562

눈이 부시게 푸르른 날은

미당 서정주 대표시 100선

눈이 부시게
푸르른 날은

서정주 시 | 윤재웅 엮음

은행나무

차례

화사집

귀촉도

서정주시선

신라초

동천

서정주문학전집

제1시집

화사집 花蛇集

자화상

애비는 종이었다. 밤이 깊어도 오지 않았다.

파뿌리같이 늙은 할머니와 대추꽃이 한 주 서 있을 뿐이었다.

어매는 달을 두고 풋살구가 꼭 하나만 먹고 싶다 하였으

나…… 흙으로 바람벽한 호롱불 밑에

손톱이 깜한 에미의 아들.

갑오년이라든가 바다에 나가서는 돌아오지 않는다 하는 외할

아버지의 숱 많은 머리털과

그 크다란 눈이 나는 닮았다 한다.

스물세 해 동안 나를 키운 건 팔할이 바람이다.

세상은 가도 가도 부끄럽기만 하드라.

어떤 이는 내 눈에서 죄인을 읽고 가고

어떤 이는 내 입에서 천치를 읽고 가나

나는 아무것도 뉘우치진 않을란다.

찬란히 티워 오는 어느 아침에도

이마 우에 얹힌 시의 이슬에는

몇 방울의 피가 언제나 섞여 있어

볕이거나 그늘이거나 혓바닥 늘어트린

병든 숫개마냥 헐떡어리며 나는 왔다.

* 이 작품은 작자가 23세 되던 1937년 중추仲秋에 지은 것이다.

화사花蛇

사향麝香 박하薄荷의 뒤안길이다.

아름다운 배암……

을마나 크다란 슬픔으로 태여났기에, 저리도 징그라운 몸뚱아리냐

꽃다님 같다.

너의 할아버지가 이브를 꼬여내든 달변의 혓바닥이

소리 잃은 채 넬룽그리는 붉은 아가리로

푸른 하눌이다. ……물어뜯어라. 원통히 물어뜯어,

달아나거라. 저놈의 대가리!

돌팔매를 쏘면서, 쏘면서, 사향 방촛길 저놈의 뒤를 따르는 것은

우리 할아버지의 안해가 이브라서 그러는 게 아니라

석유 먹은 듯…… 석유 먹은 듯…… 가쁜 숨결이야

바늘에 꼬여 두를까 부다. 꽃다님보단도 아름다운 빛……

크레오파트라의 피 먹은 양 붉게 타오르는
고은 입설이다…… 스며라! 배암.

우리 순네는 스물 난 색시, 고양이같이 고은 입설…… 스며
라! 배암.

문둥이

해와 하늘빛이
문둥이는 서러워

보리밭에 달 뜨면
애기 하나 먹고

꽃처럼 붉은 울음을 밤새 울었다

입맞춤

가시내두 가시내두 가시내두 가시내두
콩밭 속으로만 자꾸 달아나고
울타리는 마구 자빠트려 놓고
오라고 오라고 오라고만 그러면

사랑 사랑의 석류꽃 낭기 낭기
하누바람이랑 별이 모다 웃습네요
풋풋한 산노루 떼 언덕마다 한 마리씩
개구리는 개구리와 머구리는 머구리와

굽이 강물은 서천西天으로 흘러나려……

땅에 긴긴 입맞춤은 오오 몸서리친,
쑥니풀 질근질근 이빨이 히허옇게
짐승스런 웃음은 달더라 달더라 울음같이 달더라.

수대동水帶洞 시

흰 무명옷 갈아입고 난 마음
싸늘한 돌담에 기대어 서면
사뭇 숫스러워지는 생각, 고구려에 사는 듯
아스럼 눈 감았든 내 넋의 시골
별 생겨나듯 돌아오는 사투리.

등잔불 벌써 키여지는데……
오랫동안 나는 잘못 살았구나.
샤알 보오드레-르처럼 섧고 괴로운 서울 여자를
아조 아조 인제는 잊어버려,

선왕산 그늘 수대동 14번지
장수강 뻘밭에 소금 구어 먹든
증조할아버지 적 흙으로 지은 집
오매는 남보단 조개를 잘 줍고
아버지는 등짐 설흔 말 졌느니

여기는 바로 십 년 전 옛날

초록 저고리 입었든 금녀, 꽃각시 비녀 하야 웃든 삼월의

금녀, 나와 둘이 있든 곳.

머잖어 봄은 다시 오리니

금녀 동생을 나는 얻으리

눈섭이 검은 금녀 동생

얻어선 새로 수대동 살리.

봄

복사꽃 피고, 복사꽃 지고, 뱀이 눈 뜨고, 초록 제비 묻혀 오는 하늬바람 우에 혼령 있는 하눌이여. 피가 잘 돌아…… 아무 병도 없으면 가시내야. 슬픈 일 좀 슬픈 일 좀, 있어야겠다.

벽壁

덧없이 바래보든 벽에 지치어
불과 시계를 나란이 죽이고

어제도 내일도 오늘도 아닌
여기도 저기도 거기도 아닌

꺼져드는 어둠 속 반딧불처럼 까물거려
정지한 '나'의
'나'의 서름은 벙어리처럼……

이제 진달래꽃 벼랑 햇볕에 붉게 타오르는 봄날이 오면
벽 차고 나가 목메어 울리라! 벙어리처럼,
오— 벽아.

바다

귀 기울여도 있는 것은 역시 바다와 나뿐.
밀려왔다 밀려가는 무수한 물결 우에 무수한 밤이 왕래하나
길은 항시 어데나 있고, 길은 결국 아무 데도 없다.

아— 반딧불만 한 등불 하나도 없이
울음에 젖은 얼굴을 온전한 어둠 속에 숨기어 가지고……
너는,
무언의 해심海心에 홀로 타오르는
한낱 꽃 같은 심장으로 침몰하라.

아— 스스로히 푸르른 정열에 넘쳐
둥그런 하늘을 이고 웅얼거리는 바다, 바다의 깊이 우에
네 구멍 뚫린 피리를 불고…… 청년아.

애비를 잊어버려
에미를 잊어버려
형제와 친척과 동무를 잊어버려,
마지막 네 계집을 잊어버려,

아라스카로 가라 아니 아라비아로 가라 아니 아메리카로 가
라 아니 아프리카로 가라 아니 침몰하라. 침몰하라. 침몰하라!

오— 어지러운 심장의 무게 우에 풀잎처럼 흩날리는 머리칼
을 달고
이리도 괴로운 나는 어찌 끝끝내 바다에 그득해야 하는가.

눈 떠라. 사랑하는 눈을 떠라…… 청년아,
산 바다의 어느 동서남북으로도
밤과 피에 젖은 국토가 있다.

아라스카로 가라!
아라비아로 가라!
아메리카로 가라!
아프리카로 가라!

서풍부西風賦

서녘에서 불어오는 바람 속에는
오갈피 상나무와
개가죽 방구와
나의 여자의 열두 발 상무 상무

노루야 암노루야 홰냥노루야
늬 발톱에 상채기와
퉁수 소리와

서서 우는 눈먼 사람
자는 관세음.

서녘에서 불어오는 바람 속에는
한바다의 정신병과
징역 시간과

부활

내 너를 찾어왔다 수나娷娜. 너 참 내 앞에 많이 있구나. 내가 혼자서 종로를 걸어가면 사방에서 네가 웃고 오는구나. 새벽닭이 울 때마닥 보고 싶었다. 내 부르는 소리 귓가에 들리드냐. 수나, 이게 몇만 시간 만이냐. 그날 꽃상여 산 넘어서 간 다음 내 눈동자 속에는 빈 하눌만 남드니, 매만져 볼 머리카락 하나 머리카락 하나 없드니, 비만 자꾸 오고…… 촛불 밖에 부흥이 우는 돌문을 열고 가면 강물은 또 몇천 린지, 한번 가선 소식 없든 그 어려운 주소에서 너 무슨 무지개로 내려왔느냐. 종로 네거리에 뿌우여니 흩어져서, 뭐라고 조잘대며 햇볕에 오는 애들. 그중에도 열아홉 살쯤 스무 살쯤 되는 애들. 그들의 눈망울 속에, 핏대에, 가슴속에 들어앉어 수나! 수나! 수나! 너 인제 모두 다 내 앞에 오는구나.

제2시집

귀촉도 歸蜀途

밀어密語

순이야. 영이야. 또 돌아간 남아.

굳이 잠긴 잿빛의 문을 열고 나와서
하눌가에 머무른 꽃봉오릴 보아라.

한없는 누예실의 올과 날로 짜 늘인
채일을 두른 듯 아늑한 하눌가에
뺨 부비며 열려 있는 꽃봉오릴 보아라.

순이야. 영이야. 또 돌아간 남아.

저,
가슴같이 따뜻한 삼월의 하눌가에
인제 새로 숨 쉬는 꽃봉오릴 보아라.

견우의 노래

우리들의 사랑을 위하여서는
이별이, 이별이 있어야 하네.

높었다, 낮었다, 출렁이는 물살과
물살 몰아 갔다오는 바람만이 있어야 하네.

오— 우리들의 그리움을 위하여서는
푸른 은핫물이 있어야 하네.

돌아서는 갈 수 없는 오롯한 이 자리에
불타는 홀몸만이 있어야 하네!

직녀여, 여기 번쩍이는 모래밭에
돋아나는 풀싹을 나는 세이고……

허이연 허이연 구름 속에서
그대는 베틀에 북을 놀리게.

눈섭 같은 반달이 중천에 걸리는
칠월 칠석이 돌아오기까지는

검은 암소를 나는 멕이고
직녀여, 그대는 비단을 짜세.

석굴암 관세음의 노래

그리움으로 여기 섰노라
조수潮水와 같은 그리움으로,

이 싸늘한 돌과 돌 새이
얼크러지는 칡넌출 밑에
푸른 숨결은 내 것이로다.

세월이 아조 나를 못 쓰는 띠끌로서
허공에, 허공에, 돌리기까지는
부풀어오르는 가슴속에 파도와
이 사랑은 내 것이로다.

오고 가는 바람 속에 지새는 나달이여.
땅속에 파묻힌 찬란헌 서라벌,
땅속에 파묻힌 꽃 같은 남녀들이여.

오— 생겨났으면, 생겨났으면
나보단도 더 '나'를 사랑하는 이

천년을 천년을 사랑하는 이
새로 햇볕에 생겨났으면

새로 햇볕에 생겨나와서
어둠 속에 나−ㄹ 가게 했으면

사랑한다고…… 사랑한다고……
이 한마딧말 님께 아뢰고, 나도
인제는 바다에 돌아갔으면!

허나 나는 여기 섰노라.
앉어 계시는 석가의 곁에
허리에 쬐그만 향낭을 차고

이 싸늘한 바윗속에서
날이 날마닥 들이쉬고 내쉬이는
푸른 숨결은
아, 아직도 내 것이로다.

귀촉도歸蜀途

눈물 아롱 아롱
피리 불고 가신 님의 밟으신 길은
진달래 꽃비 오는 서역西域 삼만 리.
흰 옷깃 여며 여며 가옵신 님의
다시 오진 못하는 파촉巴蜀 삼만 리.

신이나 삼어 줄걸 슬픈 사연의
올올이 아로새긴 육날 메투리.
은장도 푸른 날로 이냥 베혀서
부질없는 이 머리털 엮어 드릴걸.

초롱에 불빛, 지친 밤하늘
굽이굽이 은핫물 목이 젖은 새,
차마 아니 솟는 가락 눈이 감겨서
제 피에 취한 새가 귀촉도 운다.
그대 하늘 끝 호올로 가신 님아

* 육날 메투리는 신 중에서는 으뜸인 메투리 중에서도 가장 아름다운 조선의 신 발이었느니라. 귀촉도는 항용 우리들이 두견이라고도 하고 솔작새라고도 하고 접동새라고도 하고 자규라고도 하는 새가, 귀촉도…… 귀촉도…… 그런 발음으로 우는 것이라고 지하에 돌아간 우리들의 조상 때부터 들어 온 데서 생긴 말씀 이니라.

푸르른 날

눈이 부시게 푸르른 날은
그리운 사람을 그리워하자

저기 저기 저, 가을 꽃자리
초록이 지쳐 단풍 드는데

눈이 나리면 어이 하리야
봄이 또오면 어이 하리야

내가 죽고서 네가 산다면?
네가 죽고서 내가 산다면!

눈이 부시게 푸르른 날은
그리운 사람을 그리워하자

행진곡

잔치는 끝났드라.
마지막 앉어서 국밥들을 마시고,
빠알간 불 사루고,
재를 남기고,

포장을 걷으면 저무는 하눌
일어서서 주인에게 인사를 하자.

결국은 조끔씩 취해 가지고
우리 모두 다 돌아가는 사람들.

목아지여
목아지여
목아지여
목아지여

멀리 서 있는 바닷물에선
난타하여 떨어지는 나의 종소리.

무슨 꽃으로 문지르는 가슴이기에
나는 이리도 살고 싶은가

빈 가지에 바구니만 매여 두고 내 소녀, 어디 갔느뇨 ― 오일도

아조 할 수 없이 되면 고향을 생각한다.

이제는 다시 돌아올 수 없는 옛날의 모습들. 안개와 같이 스러진 것들의 형상을 불러일으킨다.

귓가에 와서 아스라히 속삭이고는, 스쳐 가는 소리들. 머언 유명幽冥에서처럼 그 소리는 들려오는 것이나, 한 마디도 그 뜻을 알 수는 없다.

다만 느끼는 건 너이들의 숨소리. 소녀여, 어디에들 안재安在하는지. 너이들의 호흡의 훈짐으로써 다시금 돌아오는 내 청춘을 느낄 따름인 것이다.

소녀여 뭐라고 내게 말하였든 것인가?

오히려 처음과 같은 하눌 우에선 한 마리의 종다리가 가느다란 핏줄을 그리며 구름에 묻혀 흐를 뿐, 오늘도 굳이 닫힌 내 전정前程의 석문 앞에서 마음대로는 처리할 수 없는 내 생명의 환희를 이해할 따름인 것이다.

섭섭이와 서운니와 푸접이와 순녜라 하는 네 명의 소녀의 뒤를 따라서, 오후의 산 그리메가 밟히우는 보리밭 새이 언덕길 우에 나는 서서 있었다. 붉고, 푸르고, 흰, 전설 속의 네 개의 바다와 같이 네 소녀는 네 빛갈의 저고리를 입고 있었다.

하늘 우에선 아득한 고동 소리. ……순녜가 아르켜 준 상제님의 고동 소리. ……네 명의 소녀는 제마닥 한 개씩의 바구니를 들고, 허리를 굽흐리고, 차라리 무슨 나물을 찾는 것이 아니라 절을 하고 있는 것이었다. 씬나물이나 머슴둘레, 그런 것을 찾는 것이 아니라 머언 머언 고동 소리에 귀를 기울이고 있는 것이었다. 후회와 같은 표정으로 머리를 수그리고 있는 것이었다.

그러나 나에게는 잡히지 아니하는 것이었다. 발자취 소리를 아조 숨기고 가도, 나에게는 붙잡히지 아니하는 것이었다.

담담히도 오래 가는 내음새를 풍기우며, 머슴둘레 꽃포기가 발길에 채일 뿐, 쌍긋한 찔레 덤풀이 앞을 가리울 뿐 나보단은 더 빨리 달아나는 것이었다. 나의 부르는 소리가 크면 클수록 더 멀리 더 멀리 달아나는 것이었다.

여긴 오지 마…… 여긴 오지 마……

애살포오시 웃음 지으며, 수류水流와 같이 네 개의 수류와 같이 차라리 흘러가는 것이었다.

한 줄기의 추억과 치여든 나의 두 손, 역시 하눌에는 종다리 새 한 마리, ―이런 것만 남기고는 조용히 흘러가며 속삭이는 것이었다. 여긴 오지 마…… 여긴 오지 마……

소녀여. 내가 가는 날은 돌아오련가. 내가 아조 가는 날은 돌아오련가. 막달라의 마리아처럼 두 눈에는 반가운 눈물로 어리여서, 머리털로 내 손끝을 스치이련가.

그러나 내가 가시에 찔려 아퍼헐 때는, 네 명의 소녀는 내 곁에 와 서는 것이었다. 내가 찔렛가시나 새금팔에 베혀 아퍼

헐 때는, 어머니와 같은 손가락으로 나를 나시우러 오는 것이
었다.

　손가락 끝에 나의 어린 핏방울을 적시우며, 한 명의 소녀가
걱정을 하면 세 명의 소녀도 걱정을 허며, 그 노오란 꽃송이로
문지르고는, 하연 꽃송이로 문지르고는, 빠알간 꽃송이로 문
지르고는 하든 나의 상처기는 어쩌면 그리도 잘 낫는 것이었
든가.

　정해정해 정도령아
　원이왔다 문열어라.
　붉은꽃을 문지르면
　붉은피가 돌아오고.
　푸른꽃을 문지르면
　푸른숨이 돌아오고.

　소녀여. 비가 개인 날은 하늘이 왜 이리도 푸른가. 어데서 쉬
는 숨소리기에 이리도 똑똑히 들리이는가.

무슨 꽃으로 문지르는 가슴이기에 나는 이리도 살고 싶은가.

몇 포기의 씨거운 멈둘레꽃이 피여 있는 낭떠러지 아래 풀밭에 서서, 나는 단 하나의 정령이 되야 내 소녀들을 불러일으킨다.

그들은 역시 나를 지키고 있었든 것이다. 내 속에 내리는 비가 개이기만, 다시 그 언덕길 우에 돌아오기만, 어서 병이 낫기만을, 그 옛날의 보리밭길 우에서 언제나 언제나 기대리고 있었든 것이다.

내가 아조 가는 날은 돌아오련가?

제3시집

서정주시선

무등을 보며

가난이야 한낱 남루에 지내지 않는다
저 눈부신 햇빛 속에
갈매빛 등성이를 드러내고 서 있는
여름 산 같은
우리들의 타고난 살결,
타고난 마음씨까지야 다 가릴 수 있으랴

청산이 그 무릎 아래 지란芝蘭을 기르듯
우리는 우리 새끼들을 기를 수밖엔 없다

목숨이 가다 가다 농울쳐 휘여드는
오후의 때가 오거든
내외들이여 그대들도
더러는 앉고
더러는 차라리 그 곁에 누어라

지어미는 지아비를 물끄럼히 우러러보고
지아비는 지어미의 이마라도 짚어라

어느 가시덤풀 쑥굴헝에 뇌일지라도

우리는 늘 옥돌같이

호젓이 묻혔다고 생각할 일이요

청태靑苔라도 자욱이 끼일 일인 것이다

* 무등無等 : 호남 광주의 산 이름.

학

천년 맺힌 시름을
출렁이는 물살도 없이
고은 강물이 흐르듯
학이 날은다

천년을 보던 눈이
천년을 파다거리던 날개가
또 한번 천애天涯에 맞부딪노나

산 덩어리 같어야 할 분노가
초목도 울려야 할 서름이
저리도 조용히 흐르는구나

보라, 옥빛, 꼭두서니,
보라, 옥빛, 꼭두서니,
누이의 수틀을 보듯
세상은 보자

누이의 어깨 너머
누이의 수틀 속의 꽃밭을 보듯
세상은 보자

울음은 해일
아니면 크나큰 제사와 같이

춤이야 어느 땐들 골라 못 추랴
멍멍히 잦은 목을 제 쭉지에 묻을 바에야
춤이야 어느 술참 땐들 골라 못 추랴

긴모리 자진모리 일렁이는 구름 속을
저, 울음으로도 춤으로도 참음으로도 다하지 못한 것이
어루만지듯 어루만지듯
저승 곁을 날은다

국화 옆에서

한 송이의 국화꽃을 피우기 위해
봄부터 솥작새는
그렇게 울었나 보다

한 송이의 국화꽃을 피우기 위해
천둥은 먹구름 속에서
또 그렇게 울었나 보다

그립고 아쉬움에 가슴 조이든
머언 먼 젊음의 뒤안길에서
인제는 돌아와 거울 앞에 선
내 누님같이 생긴 꽃이여

노오란 네 꽃잎이 필라고
간밤엔 무서리가 저리 내리고
내게는 잠도 오지 않았나 보다

신록

어이할꺼나
아― 나는 사랑을 가졌어라
남 몰래 혼자서 사랑을 가졌어라!

천지엔 이제 꽃잎이 지고
새로운 녹음이 다시 돋아나
또 한번 나―ㄹ 에워싸는데

못 견디게 서러운 몸짓을 허며
붉은 꽃잎은 떨어져 나려
펄펄펄 펄펄펄 떨어져 나려

신라 가시내의 숨결과 같은
신라 가시내의 머리털 같은
풀밭에 바람 속에 떨어져 나려

올해도 내 앞에 흩날리는데
부르르 떨며 흩날리는데……

아— 나는 사랑을 가졌어라
꾀꼬리처럼 울지도 못할
기찬 사랑을 혼자서 가졌어라!

추천사鞦韆詞
— 춘향의 말 1

향단아 그넷줄을 밀어라
머언 바다로
배를 내어밀듯이,
향단아.

이 다수굿이 흔들리는 수양버들 나무와
벼갯모에 뇌이듯한 풀꽃데미로부터,
자잘한 나비 새끼 꾀꼬리들로부터
아조 내어밀듯이, 향단아.

산호도 섬도 없는 저 하눌로
나를 밀어 올려다오
채색한 구름같이 나를 밀어 올려다오
이 울렁이는 가슴을 밀어 올려다오!

서으로 가는 달같이는
나는 아무래도 갈 수가 없다.

바람이 파도를 밀어 올리듯이
그렇게 나를 밀어 올려다오
향단아.

나의 시

어느 해 봄이던가, 머언 옛날입니다.

나는 어느 친척의 부인을 모시고 성城 안 동백꽃나무 그늘에
와 있었습니다.

부인은 그 호화로운 꽃들을 피운 하늘의 부분이 어딘가를 아
시기나 하는 듯이 앉아 계시고, 나는 풀밭 위에 흥근한 낙화가
안씨러워 줏어 모아서는 부인의 펼쳐든 치마폭에 갖다 놓았습
니다.

쉬임 없이 그 짓을 되풀이하였습니다.

그 뒤 나는 연년年年히 서정시를 썼습니다만 그것은 모두가
그때 그 꽃들을 줏어다가 디리던— 그 마음과 별로 다름이 없
었습니다.

그러나 인제 웬일인지 나는 이것을 받어 줄 이가 땅 위엔 아
무도 없음을 봅니다.

내가 줏어 모은 꽃들은 제절로 내 손에서 땅 위에 떨어져 구
을르고

또 그런 마음으로밖에는 나는 내 시를 쓸 수가 없습니다.

풀리는 한강가에서

강물이 풀리다니
강물은 무엇하러 또 풀리는가
우리들의 무슨 서름 무슨 기쁨 때문에
강물은 또 풀리는가

기러기같이
서리 묻은 섣달의 기러기같이
하늘의 어름짱 가슴으로 깨치며
내 한평생을 울고 가려 했더니

무어라 강물은 다시 풀리어
이 햇빛 이 물결을 내게 주는가

저 멈둘레나 쑥니풀 같은 것들
또 한번 고개 숙여 보라 함인가

황토 언덕

꽃상여

떼과부의 무리들

여기 서서 또 한번 더 바래보라 함인가

강물이 풀리다니

강물은 무엇하러 또 풀리는가

우리들의 무슨 서름 무슨 기쁨 때문에

강물은 또 풀리는가

내리는 눈발 속에서는

괜, 찬, 타, ……
괜, 찬, 타, ……
괜, 찬, 타, ……
괜, 찬, 타, ……
수부룩이 내려오는 눈발 속에서는
까투리 매추래기 새끼들도 깃들이어 오는 소리. ……

괜찬타, ……괜찬타, ……괜찬타, ……괜찬타, ……
폭으은히 내려오는 눈발 속에서는
낯이 붉은 처녀 아이들도 깃들이어 오는 소리. ……

울고
웃고
수구리고
새파라니 얼어서
운명들이 모두 다 안끼어 드는 소리. ……

큰놈에겐 큰 눈물 자죽, 작은놈에겐 작은 웃음 흔적,

큰 이얘기 작은 이얘기들이 오부룩이 도란그리며 안끼어 오
는 소리. ……

괜찬타, ……

괜찬타, ……

괜찬타, ……

괜찬타, ……

끊임없이 내리는 눈발 속에서는

산도 산도 청산도 안끼어 드는 소리. ……

광화문

북악과 삼각이 형과 그 누이처럼 서 있는 것을 보고 가다가
　형의 어깨 뒤에 얼골을 들고 있는 누이처럼 서 있는 것을 보고
가다가
　어느새인지 광화문 앞에 다다렀다.

　광화문은
차라리 한 채의 소슬한 종교.
조선 사람은 흔히 그 머리로부터 왼몸에 사무쳐 오는 빛을
마침내 보선코에서까지도 떠받들어야 할 마련이지만,
　왼 하늘에 넘쳐흐르는 푸른 광명을
광화문 — 저같이 으젓이 그 날개쭉지 위에 실고 있는 자도
드물라.

　상하 양층의 지붕 위에
　그득히 그득히 고이는 하늘.
위층엣것은 드디어 치-ㄹ 치-ㄹ 넘쳐라도 흐르지만,
지붕과 지붕 사이에는 신방新房 같은 다락이 있어
아래층엣것은 그리로 왼통 넘나들 마련이다.

옥같이 고으신 이
그 다락에 하늘 모아
사시라 함이렷다.

고개 숙여 성 옆을 더듬어 가면
시정市井의 노랫소리도 오히려 태고 같고

문득 치켜든 머리 위에선
파르르 낮달도 떨며 흐른다.

꽃 피는 것 기특해라

봄이 와 햇빛 속에 꽃 피는 것 기특해라.
꽃나무에 붉고 흰 꽃 피는 것 기특해라.
눈에 삼삼 어리어 물가으로 가면은
가슴에도 수부룩히 드리우노니
봄날에 꽃 피는 것 기특하여라.

무제

오늘 제일 기쁜 것은 고목나무에 푸르므레 봄빛이 드는 거와, 걸어가는 발뿌리에 풀잎사귀들이 희한하게도 돋아나오는 일이다. 또 두어 살쯤 되는 어린것들이 서투른 말을 배우고 이쿠는 것과, 성화聖畵의 애기들과 같은 그런 눈으로 우리들을 빤이 쳐다보는 일이다. 무심코 우리들을 쳐다보는 일이다.

기도 1

저는 시방 꼭 텅 비인 항아리 같기도 하고, 또 텅 비인 들녘 같기도 하옵니다. 하눌이여 한동안 더 모진 광풍을 제 안에 두시던지, 날으는 몇 마리의 나비를 두시던지, 반쯤 물이 담긴 도가니와 같이 하시던지 마음대로 하소서. 시방 제 속은 꼭 많은 꽃과 향기들이 담겼다가 비여진 항아리와 같습니다.

상리과원上里果園

꽃밭은 그 향기만으로 볼진대 한강수나 낙동강 상류와도 같은 릉릉隆隆한 흐름이다. 그러나 그 낱낱의 얼골들로 볼진대 우리 조카딸년들이나 그 조카딸년들의 친구들의 웃음판과도 같은 굉장히 질거운 웃음판이다.

세상에 이렇게도 타고난 기쁨을 찬란히 터트리는 몸뚱아리들이 또 어디 있는가. 더구나 서양에서 건네온 배나무의 어떤 것들은 머리나 가슴패기뿐만이 아니라 배와 허리와 다리 발꿈치에까지도 이뿐 꽃숭어리들을 달었다. 맵새, 참새, 때까치, 꾀꼬리, 꾀꼬리 새끼들이 조석으로 이 많은 기쁨을 대신 읊조리고, 수십만 마리의 꿀벌들이 왼종일 북 치고 소구 치고 마짓굿 올리는 소리를 허고, 그래도 모자라는 놈은 더러 그 속에 묻혀 자기도 하는 것은 참으로 당연한 일이다.

우리가 이것들을 사랑할려면 어떻게 했으면 좋겠는가. 묻혀서 누어 있는 못물과 같이 저 아래 저것들을 비취고 누어서, 때로 가냘푸게도 떨어져 내리는 저 어린것들의 꽃잎사귀들을 우리 몸 우에 받어라도 볼 것인가. 아니면 머언 산들과 나란히 마조 서서, 이것들의 아침의 유두분면油頭粉面과, 한낮의 춤과, 황혼의 어둠 속에 이것들이 잦아들어 돌아오는 — 아스라한 침잠이나 지킬 것인가.

하여간 이 한나도 서러울 것이 없는 것들 옆에서, 또 이것들을 서러워하는 미물 하나도 없는 곳에서, 우리는 서뿔리 우리 어린것들에게 서름 같은 걸 가르치지 말 일이다. 저것들을 축복하는 때까치의 어느 것, 비비새의 어느 것, 벌 나비의 어느 것, 또는 저것들의 꽃봉오리와 꽃숭어리의 어느 것에 대체 우리가 항용 나즉히 서로 주고받는 슬픔이란 것이 깃들이어 있단 말인가.

이것들의 초밤에의 완전 귀소가 끝난 뒤, 어둠이 우리와 우리 어린것들과 산과 냇물을 까마득히 덮을 때가 되거던, 우리는 차라리 우리 어린것들에게 제일 가까운 곳의 별을 가르쳐 뵈일 일이요, 제일 오래인 종소리를 들릴 일이다.

제4시집

신라초 新羅抄

선덕여왕의 말씀

짐의 무덤은 푸른 영嶺 위의 욕계 제2천.
피 예 있으니, 피 예 있으니, 어쩔 수 없이
구름 엉기고, 비 터 잡는 데― 그런 하늘 속.

피 예 있으니, 피 예 있으니,
너무들 인색치 말고
있는 사람은 병약자한테 시량도 더러 노느고
홀어미 홀아비들도 더러 찾아 위로코,
첨성대 위엔 첨성대 위엔 그중 실한 사내를 놔라.

살의 일로써 살의 일로써 미친 사내에게는
살 닿는 것 중 그중 빛나는 황금 팔찌를 그 가슴 위에,
그래도 그 어지러운 불이 다스려지지 않거든
다스리는 노래는 바다 넘어서 하늘 끝까지.

하지만 사랑이거든
그것이 참말로 사랑이거든
서라벌 천 년의 지혜가 가꾼 국법보다도 국법의 불보다도

늘 항상 더 타고 있거라.

짐의 무덤은 푸른 영 위의 욕계 제2천.
피 예 있으니, 피 예 있으니, 어쩔 수 없이
구름 엉기고, 비 터 잡는 데— 그런 하늘 속.

내 못 떠난다.

* 선덕여왕은 지귀志鬼라는 자의 여왕에 대한 짝사랑을 위로해, 그 누워 자는 데
가까이 가, 가슴에 그의 팔찌를 벗어 놓은 일이 있다.

꽃밭의 독백

—사소 단장娑蘇斷章

노래가 낫기는 그중 나아도

구름까지 갔다간 되돌아오고,

네 발굽을 쳐 달려간 말은

바닷가에 가 멎어 버렸다.

활로 잡은 산돼지, 매[鷹]로 잡은 산새들에도

이제는 벌써 입맛을 잃었다.

꽃아. 아침마다 개벽하는 꽃아.

네가 좋기는 제일 좋아도,

물낯바닥에 얼굴이나 비춰는

헤엄도 모르는 아이와 같이

나는 네 닫힌 문에 기대섰을 뿐이다.

문 열어라 꽃아. 문 열어라 꽃아.

벼락과 해일만이 길일지라도

문 열어라 꽃아. 문 열어라 꽃아.

* 사소娑蘇는 신라 시조 박혁거세의 어머니. 처녀로 잉태하여, 산으로 신선 수행을 간 일이 있는데, 이 글은 그 떠나기 전, 그의 집 꽃밭에서의 독백.

진영이 아재 화상畫像

우리 마을 진영이 아재 쟁기질 솜씬
이쁜 계집애 배 먹어 가듯
이쁜 계집애 배 먹어 가듯
안개 헤치듯, 장갓길 가듯.

샛별 동곳 밑 구레나룻은
싸리밭마냥으로 싸리밭마냥으로,
앞마당 뒷마당 두루 쓰시는
아주먼네 손끝에 싸리비마냥으로.

수박꽃 피어 수박 때 되면
소소리바람 위 원두막같이,
숭어가 자라서 숭어 때 되면
숭어 뛰노는 강물과 같이,

당산나무 밑 놓는 꼬누는,
늙은이 젊은애 다 훈수 대어
어깨너머 기우뚱 놓는 꼬누는
낱낱이 뚜렷이 칠성판 같더니.

가을에

오게
아직도 오히려 사랑할 줄을 아는 이.
쫓겨나는 마당귀마다, 푸르고도 여린
문들이 열릴 때는 지금일세.

오게
저속低俗에 항거하기에 여울지는 자네.
그 소슬한 시름의 주름살들 그대로 데리고
기러기 앞서서 떠나가야 할
섧게도 빛나는 외로운 안항雁行—이마와 가슴으로 걸어야
하는
가을 안항이 비롯해야 할 때는 지금일세.

작년에 피었던 우리 마지막 꽃—국화꽃이 있던 자리,
올해 또 새것이 자넬 달래 일어나려고
백로白露는 상강霜降으로 우릴 내리 모네.

오게
지금은 가다듬어진 구름.
헤매고 뒹굴다가 가다듬어진 구름은
이제는 양귀비의 피비린내 나는 사연으로는 우릴 가로막지
않고,
휘영청한 개벽은 또 한번 뒷문으로부터
우릴 다지려
아침마다 그 서리 묻은 얼굴들을 추켜들 때일세.

오게
아직도 오히려 사랑할 줄을 아는 이.
쫓겨나는 마당귀마다, 푸르고도 여린
문들이 열릴 때는 지금일세.

어느 날 오후

오후 세시 반
웃는 이 없고,
서천西天엔
한 갈래
배를 깐 구름.
자네, 방 아랫목에서
옛날 하던 그대로
배를 깐 구름. 배를 깐 구름.
하필에 오도 가도 서도 못하고
늘펀히 자빠져서 배를 깐 구름.

제5시집

동천 冬天

동천 冬天

내 마음속 우리 님의 고은 눈섭을
즈믄 밤의 꿈으로 맑게 씻어서
하늘에다 옮기어 심어 놨더니
동지섣달 날으는 매서운 새가
그걸 알고 시늉하며 비끼어 가네

연꽃 만나고 가는 바람같이

섭섭하게,
그러나
아조 섭섭치는 말고
좀 섭섭한 듯만 하게,

이별이게,
그러나
아주 영 이별은 말고
어디 내생에서라도
다시 만나기로 하는 이별이게,

연꽃
만나러 가는
바람 아니라
만나고 가는 바람같이……

엊그제
만나고 가는 바람 아니라

한두 철 전

만나고 가는 바람같이……

님은 주무시고

님은
주무시고,
나는
그의 벼갯모에
하이옇게 수놓여 날으는
한 마리의 학이다.

그의 꿈속의 붉은 보석들은
그의 꿈속의 바닷속으로
하나하나 떨어져 내리어 가라앉고

한 보석이 거기 가라앉을 때마다
나는 언제나 한 이별을 갖는다.

님이 자며 벗어 놓은 순금의 반지
그 가느다란 반지는
이미 내 하늘을 둘러 끼우고

그의 꿈을 고이는

그의 벼갯모의 금실의 테두리 안으로

돌아오기 위해

나는 또 한 이별을 갖는다.

내 영원은

내 영원은
물빛
라일락의
빛과 향의 길이로라.

가다 가단
후미진 굴헝이 있어,
소학교 때 내 여선생님의
키만큼 한 굴헝이 있어,
이뿐 여선생님의 키만큼 한 굴헝이 있어,

내려가선 혼자 호젓이 앉아
이마에 솟은 땀도 들이는

물빛
라일락의
빛과 향의 길이로라
내 영원은.

내 그대를 사랑하는 마음은

내 그대를 사랑하는 마음은
이것은 차마 벌써 말씀도 아닌,
말씀이 아닐 것도 인제는 없는
구름 없는 하늘에 가 살고 있어요.

무지개 일곱 빛깔 타고 내려와
구름 속에 묻히어 앉아 쉬다가
빗방울에 싸여서 산수유에 내리면
산수유꽃 피어서 사운거리고

산수유꽃 떨어져 시드시어서
구름으로 날아가 또 앉아 쉬다
햇빛에 무지개를 타고 오르면
구름 없는 하늘에서 다시 살아요.

저무는 황혼

새우마냥 허리 오구리고
누엿누엿 저무는 황혼을
언덕 넘어 딸네 집에 가듯이
나도 인제는 잠이나 들까.

굽이굽이 등 굽은
근심의 언덕 넘어
골골이 뻗히는 시름의 잔주름뿐,
저승에 갈 노자도 내겐 없느니

소태같이 쓴 가문 날들을
역구풀 밑 대어 오던
내 사랑의 보 또랑물
인제는 제대로 흘러라 내버려두고

으시시히 깔리는 머언 산 그리메
홑이불처럼 말아서 덮고
엣비슥히 비끼어 누어
나도 인제는 잠이나 들까.

선운사 동구

선운사 골째기로
선운사 동백꽃을 보러 갔더니
동백꽃은 아직 일러 피지 안했고
막걸릿집 여자의 육자배기 가락에
작년 것만 상기도 남았습디다.
그것도 목이 쉬어 남았습디다.

우리 님의 손톱의 분홍 속에는

우리 님의
손톱의
분홍 속에는
내가 아직 못다 부른
노래가 살고 있어요.

그 노래를
못다 하고
떠나올 적에
미닫이 밖 해 어스럼 세레나드 위
새로 떠 올라오는 달이 있어요.

그 달하고
같이 와서
바이올린을 키면서
아무리 생각해도 생각 안 나는
G선의 멜로디가 들어 있어요.

우리 님의

손톱의

분홍 속에는

전생의 제일로 고요한 날의

사둔댁 눈웃음도 들어 있지만

우리 님의

손톱의

분홍 속에는

이승의 빗바람 휘모는 날에

꾸다 꾸다 못다 꾼

내 꿈이 서리어 살고 있어요.

영산홍

영산홍 꽃잎에는
산이 어리고

산자락에 낮잠 든
슬픈 소실댁

소실댁 툇마루에
놓인 놋요강

산 너머 바다는
보름사리 때

소금발이 쓰려서
우는 갈매기

내가 돌이 되면

내가
돌이 되면

돌은
연꽃이 되고

연꽃은
호수가 되고

내가
호수가 되면

호수는
연꽃이 되고

연꽃은
돌이 되고

한양호일漢陽好日

　열대여섯 살짜리 소년이 작약꽃을 한 아름 자전거 뒤에다 실어 끌고 이조의 낡은 먹기와집 골목길을 지내가면서 연계 같은 소리로 꽃 사라고 웨치오. 세계에서 제일 잘 물디려진 옥색의 공기 속에 그 소리의 맥이 담기오. 뒤에서 꽃을 찾는 아주머니가 백지의 창을 열고 꽃장수 꽃장수 일루 와요 불러도 통 못 알아듣고 꽃 사려 꽃 사려 소년은 그냥 열심히 웨치고만 가오. 먹기와집들이 다 끝나는 언덕 위에 올라서선 작약꽃 앞자리에 냉큼 올라타서 방울을 울리며 내달아 가오.

마흔다섯

마흔다섯은
귀신이 와 서는 것이
보이는 나이.

참 대 밭 같이
참 대 밭 같이

겨울 마늘 넬
풍기며,
처녀 귀신들이
돌아와 서는 것이
보이는 나이.

귀신을 길를 만큼 지긋치는 못해도
처녀 귀신허고도
상면은 되는 나이.

연꽃 위의 방

세 마리 사자가
이마로 이고 있는 방 공부는
나는 졸업했다.

세 마리 사자가 이마로 이고 있는 방에서
나는
이 세상 마지막으로 나만 혼자 알고 있는
네 얼굴의 눈썹을 지워서
먼발치 버꾸기한테 주고,

그 방 위에 새로 핀
한 송이 연꽃 위의 방으로
핑그르르
연꽃잎 모양으로 돌면서
시방 금시 올라왔다.

일요일이 오거든

일요일이 오거든
친구여
인제는 우리 눈 아조 다 깨여서
찾다가 찾다가 놓아둔
우리 아직 못 찾은
마지막 골목길을 찾아가 볼까?

거기 잊혀져 걸려 있는 사진이
오래오래 사랑하고 살던
또 다른 사진들도 찾아가 볼까?

일요일이 오거든
친구여
인제는 우리 눈 아주 다 깨여서
차라리 맑은 모랫벌 위에
피어 있는 해당화 꽃이라도 될까?

하늘에 분홍 불 붙이고 서서
이 분홍 불의 남는 것은
또 모래알들한테라도 줄까?

일요일이 오거든
친구여
심청이가 인당수로 가던 길도,
춘향이가 다니던
우리 아직 안 가 본 골목도
찾아가 볼까?

일요일이 오거든
친구여
인제는 우리 눈 아주 다 깨여서
찾다 찾다 놓아둔
우리 아직 못 찾은
마지막 골목들을 찾아가 볼까?

석류꽃

춘향이
눈섭
너머
광한루 너머
다홍치마 빛으로
피는 꽃을 아시는가?

비 개인
아침 해에
가야금 소리로
피는 꽃을 아시는가
무주 남원 석류꽃을……

석류꽃은
영원으로
시집가는 꽃.
구름 너머 영원으로
시집가는 꽃.

우리는 뜨내기

나무 기러기

소리도 없이

그 꽃가마

따르고 따르고 또 따르나니……

서정주문학전집

사경四更

이 고요에
묻은
나의 손때를

누군가
소리 없이
씻어 헤우고

그 씻긴 자리
새로
벙그는

새벽
지샐 녘
난초 한 송이.

백일홍 필 무렵

주춧돌이 하나 녹아서
환장한 구름이 되어서
동구 밖으로 걸어 나가고 있었지.
칠월이어서 보름 나마 굶어서
백일홍이 피어서
밥상 받은 아이같이 너무 좋아서
비석 옆에 잠시 서서 웃고 있었지.
다듬잇돌도
또 하나 녹아서
동구로 떠나오는 구름이 되어서……

우리 데이트는
—선덕여왕의 말씀 2

햇볕 아늑하고
영원도 잘 보이는 날
우리 데이트는 인젠 이렇게 해야지.—

내가 어느 절간에 가 불공을 하면
그대는 그 어디 돌탑에 기대어
한 낮잠 잘 주무시고,

그대 좋은 낮잠의 상賞으로
나는 내 금팔찌나 한 짝
그대 자는 가슴 위에 벗어서 얹어 놓고,

그리곤 그대 깨어나거던
시원한 바다나 하나
우리 둘 사이에 두어야지.

—우리 데이트는 인젠 이렇게 하지.
햇볕 아늑하고
영원도 잘 보이는 날.

내 아내

나 바람나지 말라고
아내가 새벽마다 장독대에 떠 놓은
삼천 사발의 냉숫물.

내 남루와 피리 옆에서
삼천 사발의 냉수 냄새로
항시 숨 쉬는 그 숨결 소리.

그녀 먼저 숨을 거둬 떠날 때에는
그 숨결 달래서 내 피리에 담고,

내 먼저 하늘로 올라가는 날이면
내 숨은 그녀 빈 사발에 담을까.

춘궁

보름을 굶은 아이가
산 한 개로 낯을 가리고
바위에 앉아서
너무 높은 나무의 꽃을
밥상을 받은 듯 보고 웃으면

보름을 더 굶은 아이는
산 두 개로 낯을 가리고
그 소식을
구름 끝 바람에서
겸상한 양 듣고 웃고

또 보름을 더 굶은 아이는
산 세 개로 낯을 가리고
그 소식의 소식을 알아들었는가
인제는 다 먹고 난 아이처럼
부시시 일어서 가며 피식히 웃는다.

내 데이트 시간

내 데이트 시간은
인제는 순수히 부는 바람에
동으로 서으로 굽어 나부끼는
가랑나무의 가랑잎이로다.

그대 집으로 가는 길
도중에 섰는 갈대
그 갈대 위의 구름하고도
깨끗이 하직해 버린 내 데이트 시간은

이승과 저승 사이
그 갈대의 기념으로
내가 세운 절간의 법당에서도
아조 몽땅 떠나와 버린 내 데이트 시간은

인제는 그저 부는 바람 쪽
푸르른 배때기를

드러내고 나부끼는

먼 산 가랑나무 잎사귀로다.

소연가 小戀歌

머리에 석남꽃을 꽂고

내가 죽으면

머리에 석남꽃을 꽂고

너도 죽어서……

너 죽는 바람에

내가 깨어나면

내 깨는 바람에

너도 깨어나서……

한 서른 해만 더 살아 볼꺼나.

죽어서도 살아나서

머리에 석남꽃을 꽂고

한 서른 해만 더 살아 볼꺼나.

제6시집

질마재 신화

신부新婦

신부는 초록 저고리 다홍치마로 겨우 귀밑머리만 풀리운 채 신랑하고 첫날밤을 아직 앉아 있었는데, 신랑이 그만 오줌이 급해져서 냉큼 일어나 달려가는 바람에 옷자락이 문돌쩌귀에 걸렸습니다. 그것을 신랑은 생각이 또 급해서 제 신부가 음탕해서 그 새를 못 참아서 뒤에서 손으로 잡아다리는 거라고, 그렇게만 알곤 뒤도 안 돌아보고 나가 버렸습니다. 문돌쩌귀에 걸린 옷자락이 찢어진 채로 오줌 누곤 못 쓰겠다며 달아나 버렸습니다.

그러고 나서 사십 년인가 오십 년이 지나간 뒤에 뜻밖에 딴 볼일이 생겨 이 신부네 집 옆을 지나가다가 그래도 잠시 궁금해서 신부 방 문을 열고 들여다보니 신부는 귀밑머리만 풀린 첫날밤 모양 그대로 초록 저고리 다홍치마로 아직도 고스란히 앉아 있었습니다. 안쓰러운 생각이 들어 그 어깨를 가서 어루만지니 그때서야 매운재가 되어 폭삭 내려앉아 버렸습니다. 초록 재와 다홍 재로 내려앉아 버렸습니다.

해일 海溢

바닷물이 넘쳐서 개울을 타고 올라와서 삼대 울타리 틈으로 새어 옥수수밭 속을 지나서 마당에 흥건히 고이는 날이 우리 외할머니네 집에는 있었습니다. 이런 날 나는 망둥이 새우 새끼를 거기서 찾노라고 이빨 속까지 너무나 기쁜 종달새 새끼 소리가 다 되어 알발로 낄낄거리며 쫓아다녔습니다만, 항시 누에가 실을 뽑듯이 나만 보면 옛날이야기만 무진장 하시던 외할머니는, 이때에는 웬일인지 한 마디도 말을 않고 벌써 많이 늙은 얼굴이 엷은 노을빛처럼 불그레해져 바다 쪽만 멍하니 넘어다보고 서 있었습니다.

그때에는 왜 그러시는지 나는 아직 미처 몰랐습니다만, 그분이 돌아가신 인제는 그 이유를 간신히 알긴 알 것 같습니다. 우리 외할아버지는 배를 타고 먼 바다로 고기잡이 다니시던 어부로, 내가 생겨나기 전 어느 해 겨울의 모진 바람에 어느 바다에선지 휘말려 빠져 버리곤 영영 돌아오지 못한 채로 있는 것이라 하니, 아마 외할머니는 그 남편의 바닷물이 자기 집 마당에 몰려 들어오는 것을 보고 그렇게 말도 못하고 얼굴만 붉어져 있었던 것이겠지요.

상가수^{上歌手}의 소리

질마재 상가수의 노랫소리는 답답하면 열두 발 상무를 젓고, 따분하면 어깨에 고깔 쓴 중을 세우고, 또 상여면 상여머리에 뙤약볕 같은 놋쇠 요령 흔들며, 이승과 저승에 뻗쳤습니다.

그렇지만, 그 소리를 안 하는 어느 아침에 보니까 상가수는 뒷간 똥오줌 항아리에서 똥오줌 거름을 옮겨 내고 있었는데요. 왜, 거, 있지 않아, 하늘의 별과 달도 언제나 잘 비치는 우리네 똥오줌 항아리, 비가 오나 눈이 오나 지붕도 앗세 작파해 버린 우리네 그 참 재미있는 똥오줌 항아리, 거길 명경^{明鏡}으로 해 망건 밑에 염발질을 열심히 하고 서 있었습니다. 망건 밑으로 흘러내린 머리털들을 망건 속으로 보기 좋게 밀어 넣어 올리는 쇠뿔 염발질을 점잖게 하고 있어요.

명경도 이만큼은 특별나고 기름져서 이승 저승에 두루 무성하던 그 노랫소리는 나온 것 아닐까요?

소자 이 생원네 마누라님의 오줌 기운

소자小者 이 생원네 무우밭은요. 질마재 마을에서도 제일로 무성하고 밑둥거리가 굵다고 소문이 났었는데요. 그건 이 소자 이 생원네 집 식구들 가운데서도 이 집 마누라님의 오줌 기운이 아주 센 때문이라고 모두들 말했습니다.

옛날에 신라 적에 지도로대왕은 연장이 너무 커서 짝이 없다가 겨울 늙은 나무 밑에 장고만 한 똥을 눈 색시를 만나서 같이 살았는데, 여기 이 마누라님의 오줌 속에도 장고만큼 무우밭까지 고무시키는 무슨 그런 신바람도 있었는지 모르지. 마을의 아이들이 길을 빨리 가려고 이 댁 무우밭을 밟아 질러가다가 이 댁 마누라님한테 들키는 때는 그 오줌의 힘이 얼마나 센가를 아이들도 할 수 없이 알게 되었습니다. "네 이놈 게 있거라. 저놈을 사타구니에 집어넣고 더운 오줌을 대가리에다 몽땅 깔기어 놀라!" 그러면 아이들은 꿩 새끼들같이 풍기어 달아나면서 그 오줌의 힘이 얼마나 더울까를 똑똑히 잘 알밖에 없었습니다.

그 애가 물동이의 물을
한 방울도 안 엎지르고 걸어왔을 때

그 애가 샘에서 물동이에 물을 길어 머리 위에 이고 오는 것을 나는 항용 모시밭 사잇길에 서서 지켜보고 있었는데요. 동이 갓의 물방울이 그 애의 이마에 들어 그 애 눈썹을 적시고 있을 때는 그 애는 나를 거들떠보지도 않고 그냥 지나갔지만, 그 동이의 물을 한 방울도 안 엎지르고 조심해 걸어와서 내 앞을 지날 때는 그 애는 내게 눈을 보내 나와 눈을 맞추고 빙그레 소리 없이 웃었습니다. 아마 그 애는 그 물동이의 물을 한 방울도 안 엎지르고 걸을 수 있을 때만 나하고 눈을 맞추기로 작정했던 것이겠지요.

신발

나보고 명절날 신으라고 아버지가 사다 주신 내 신발을 나는 먼 바다로 흘러내리는 개울물에서 장난하고 놀다가 그만 떠내려 보내 버리고 말았습니다. 아마 내 이 신발은 벌써 변산 콧등 밑의 개 안을 벗어나서 이 세상의 온갖 바닷가를 내 대신 굽이치며 놀아다니고 있을 것입니다.

아버지는 이어서 그것 대신의 신발을 또 한 켤레 사다가 신겨 주시긴 했습니다만, 그러나 이것은 어디까지나 대용품일 뿐, 그 대용품을 신고 명절을 맞이해야 했었습니다.

그래, 내가 스스로 내 신발을 사 신게 된 뒤에도 예순이 다 된 지금까지 나는 아직 대용품으로 신발을 사 신는 습관을 고치지 못한 그대로 있습니다.

외할머니의 뒤안 툇마루

　외할머니네 집 뒤안에는 장판지 두 장만큼 한 먹오딧빛 툇마루가 깔려 있습니다. 이 툇마루는 외할머니의 손때와 그네 딸들의 손때로 날이 날마닥 칠해져 온 것이라 하니 내 어머니의 처녀 때의 손때도 꽤나 많이는 묻어 있을 것입니다마는, 그러나 그것은 하도나 많이 문질러서 인제는 이미 때가 아니라, 한 개의 거울로 번질번질 닦이어져 어린 내 얼굴을 들이비칩니다.

　그래, 나는 어머니한테 꾸지람을 되게 들어 따로 어디 갈 곳이 없이 된 날은, 이 외할머니네 때거울 툇마루를 찾아와, 외할머니가 장독대 옆 뽕나무에서 따다 주는 오디 열매를 약으로 먹어 숨을 바로 합니다. 외할머니의 얼굴과 내 얼굴이 나란히 비치어 있는 이 툇마루에까지는 어머니도 그네 꾸지람을 가지고 올 수 없기 때문입니다.

눈들 영감의 마른 명태

'눈들 영감 마른 명태 자시듯'이란 말이 또 질마재 마을에 있는데요. 참, 용해요. 그 딴딴히 마른 뼈다귀가 억센 명태를 어떻게 그렇게는 머리끝에서 꼬리끝까지 쬐끔도 안 남기고 목구먹 속으로 모조리 우물거려 넘기시는지, 우아랫니 하나도 없는 여든 살짜리 늙은 할아버지가 정말 참 용해요. 하루 몇십 리씩의 지게 소금장수인 이 집 손자가 꿈속의 어쩌다가의 떡처럼 한 마리씩 사다 주는 거니까 맛도 무척 좋을 테지만, 그 사나운 뼈다귀들을 다 어떻게 속에다 따 담는지 그건 용해요.

이것도 아마 이 하늘 밑에서는 거의 없는 일일 테니 불가불 할 수 없이 신화의 일종이겠습죠? 그래서 그런지 아닌 게 아니라 이 영감의 머리에는 꼭 귀신의 것 같은 낡디낡은 탕건이 하나 얹히어 있었습니다. 똥구녁께는 얼마나 많이 말라 째져 있었는지, 들여다보질 못해서 거까지는 모르지만……

118

간통사건과 우물

　간통사건이 질마재 마을에 생기는 일은 물론 꿈에 떡 얻어먹기같이 드물었지만 이것이 어쩌다가 주마담走馬痰 터지듯이 터지는 날은 먼저 하늘은 아파야만 하였습니다. 한정 없는 땡삐 떼에 쏘이는 것처럼 하늘은 웨—하니 쏘여 몸써리가 나야만 했던 건 사실입니다.

　"누구네 마누라허고 누구네 남정네허고 붙었다네!" 소문만 나는 날은 맨 먼저 동네 나팔이란 나팔은 있는 대로 다 나와서 "뚜왈랄랄 뚜왈랄랄" 막 불어자치고, 꽹과리도, 징도, 소고도, 북도 모조리 그대로 가만 있진 못하고 통기쳐 나와 법석을 떨고, 남녀노소, 심지어는 강아지 닭들까지 풍겨져 나와 외치고 달리고, 하늘도 아플밖에는 별 수가 없었습니다.

　마을 사람들은 아픈 하늘을 데불고 가축 오양깐으로 가서 가축용의 여물을 날라 마을의 우물들에 모조리 뿌려 메꾸었습니다. 그러고는 이 한 해 동안 우물물을 어느 것도 길어 마시지 못하고, 산골에 들판에 따로따로 생수 구멍을 찾아서 갈증을 달래어 마실 물을 대어 갔습니다.

알묏집 개피떡

알뫼라는 마을에서 시집와서 아무껏도 없는 홀어미가 되어 버린 알묏댁은 보름사리 그뜩한 바닷물 우에 보름달이 뜰 무렵이면 행실이 궂어져서 서방질을 한다는 소문이 퍼져, 마을 사람들은 그네에게서 외면을 하고 지냈습니다만, 하늘에 달이 없는 그믐께에는 사정은 그와 아주 딴판이 되었습니다.

음 스무날 무렵부터 다음 달 열흘까지 그네가 만든 개피떡 광주리를 안고 마을을 돌며 팔러 다닐 때에는 "떡 맛하고 떡 맵시사 역시 알묏집네를 당할 사람이 없지." 모두 다 흡족해서, 기름기로 번즈레한 그네 눈망울과 머리털과 손끝을 보며 찬양하였습니다. 손가락을 식칼로 잘라 흐르는 피로 죽어가는 남편의 목을 축이었다는 이 마을 제일의 열녀 할머니도 그건 그랬었습니다.

달 좋은 보름 동안은 외면당했다가도 달 안 좋은 보름 동안은 또 그렇게 이해되는 것이었지요.

앞니가 분명히 한 개 빠져서까지 그네는 달 안 좋은 보름 동안을 떡 장사를 다녔는데, 그동안엔 어떻게나 이빨을 희게 잘 닦는 것인지, 앞니 한 개 없는 것도 아무 상관없이 달 좋은 보름 동안의 연애의 소문은 여전히 마을에 파다하였습니다.

방 한 개 부엌 한 개의 그네 집을 마을 사람들은 속속들이 다 잘 알지만, 별다른 연장도 없었던 것인데, 무슨 딴손이 있어서 그 개피떡은 누구 눈에나 들도록 그리도 이뿌게 만든 것인지, 빠진 이빨 사이를 사내들이 못 볼 정도로 그 이빨들은 그렇게도 이뿌게 했던 것인지, 머리털이나 눈은 또 어떻게 늘 그렇게 깨끗하게 번즈레하게 이뿌게 해낸 것인지 참 묘한 일이었습니다.

신선 재곤이

땅 우에 살 자격이 있다는 뜻으로 '재곤在坤'이라는 이름을 가진 앉은뱅이 사내가 있었습니다. 성한 두 손으로 멍석도 절고 광주리도 절었지마는, 그것만으론 제 입 하나도 먹이지를 못해, 질마재 마을 사람들은 할 수 없이 그에게 마을을 앉아 돌며 밥을 빌어먹고 살 권리 하나를 특별히 주었었습니다.

'재곤이가 만일에 제 목숨대로 다 살지를 못하게 된다면 우리 마을 인정은 바닥난 것이니, 하늘의 벌을 면치 못할 것이다.' 마을 사람들의 생각은 두루 이러하여서, 그의 세 끼니의 밥과 치위를 견딜 옷과 불을 늘 뒤대어 돌보아 주어 오고 있었습니다.

그런데, 그것이 갑술년이라던가 을해년의 새 무궁화 피기 시작하는 어느 아침 끼니부터는 재곤이의 모양은 땅에서도 하늘에서도 일절 보이지 않게 되고, 한 마리 거북이가 기어다니듯 하던 살았을 때의 그 무겁디무거운 모습만이 산 채로 마을 사람들의 마음속마다 남았습니다. 그래서 마을 사람들은 하늘이 줄 천벌을 걱정하고 있었습니다.

그러나, 해가 거듭 바뀌어도 천벌은 이 마을에 내리지 않고, 농사도 딴 마을만큼은 제대로 되어, 신선도神仙道에도 약간 알

음이 있다는 좋은 흰 수염의 조 선달 영감님은 말씀하셨습니다. "재곤이는 생긴 게 꼭 거북이같이 안 생겼던가. 거북이도 학이나 마찬가지로 목숨이 천년은 된다고 하네. 그러니, 그 긴 목숨을 여기서 다 견디기는 너무나 답답하여서 날개 돋아나 하늘로 신선살이를 하러 간 거여……"

그래 "재곤이는 우리들이 미안해서 모가지에 연자맷돌을 단단히 매어달고 아마 어디 깊은 바다에 잠겨 나오지 않는 거라"던 마을 사람들도 "하여간 죽은 모양을 우리한테 보인 일이 없으니 조 선달 영감님 말씀이 마음적으로야 불가불 옳기사 옳다"고 하게는 되었습니다. 그래서 그들도 두루 그들의 마음속에 살아서만 있는 그 재곤이의 거북이 모양 양쪽 겨드랑에 두 개씩의 날개들을 안 달아 줄 수는 없었습니다.

침향沈香

침향을 만들려는 이들은, 산골 물이 바다를 만나러 흘러내려 가다가 바로 따악 그 바닷물과 만나는 언저리에 굵직굵직한 참나무 토막들을 잠거 넣어 둡니다. 침향은, 물론 꽤 오랜 세월이 지낸 뒤에, 이 잠근 참나무 토막들을 다시 건져 말려서 빠개어 쓰는 겁니다만, 아무리 짧아도 이삼백 년은 수저에 가라앉아 있은 것이라야 향내가 제대로 나기 비롯한다 합니다. 천 년쯤씩 잠긴 것은 냄새가 더 좋굽시요.

그러니, 질마재 사람들이 침향을 만들려고 참나무 토막들을 하나씩 하나씩 들어내다가 육수陸水와 조류潮流가 합수合水치는 속에 집어넣고 있는 것은 자기들이나 자기들 아들딸이나 손자 손녀들이 건져서 쓰려는 게 아니고, 훨씬 더 먼 미래의 누군지 눈에 보이지도 않는 후대들을 위해섭니다.

그래서 이것을 넣는 이와 꺼내 쓰는 사람 사이의 수백 수천 년은 이 침향 내음새 꼬옥 그대로 바짝 가까이 그리운 것일 뿐, 따분할 것도, 아득할 것도, 너절할 것도, 허전할 것도 없습니다.

제7시집

떠돌이의 시

시론詩論

바닷속에서 전복따파는 제주해녀도
제일좋은건 님오시는날 따다주려고
물속바위에 붙은그대로 남겨둔단다.
시의전복도 제일좋은건 거기두어라.
다캐어내고 허전하여서 헤매이리요?
바다에두고 바다바래여 시인인것을……

낮잠

묘법연화경 속에
내 까마득 그 뜻을 잊어 먹은 글자가 하나.
무교동 왕대폿집으로 가서
팁을 오백 원씩이나 주어도
도무지 도무지 생각이 안 나는 글자가 하나.
나리는 이슬비에
자라는 보리밭에
기왕이면 비 열 끗짜리 속의 쟁끼나 한 마리
여기 그냥 그려 두고
낮잠이나 들까나.

산사꽃

산 보네 산 보네 밤낮 산 보네.
그대와 나 둘이서 바래보기면
번갈아 보며 보며 쉬기도 할걸
그대 길이 잠들고 나 홀로 깨여
산 보네 산 보네 두 몫 산 보네.

그대와 나 둘이서 맞추았던 눈
기왕이면 끝까지 버틸 일이지
무엇하러 지그시 감고 마는가.
그대 감은 눈 우에 청청히 솟는 산
산 보네 나 혼자 두 몫 산 보네.

우리 고향 중의 고향이여······
—모교 동국대학교 62주년 기념일에

우리 모교 동국대학교에서는
심청이가 인당수에 빠져 들어가 살던
그 연꽃 내음새가 언제나 나고

목을 베니
젖이 나 솟았다는
성 이차돈의 강의 소리가 늘 들리고

경주 석굴암에 조각된 것과 같은
영원을 사는 사람의 모양들이
강당마다 학생들 틈에 그윽히 끼어 동행한다.

세계의 마지막 나라 대한민국의
맨 마지막 정적과 의무 속에 자리하여
가장 밝은 눈을 뜨고 있는 모교여.
삼세三世 가운데서도 가장 쓰고 짜거운 한복판
영원 속의 가장 후미진 서재.
최후로 생각할 것을 생각하려는 사람들이 모여 사는,

최후로 책임질 것을 책임지려는 사람들이 모여 사는
모교여
우리 고향 중의 고향이여.

진갑의 수묵빛 승의僧衣를 입으신
이 크신 아버님 앞에
내 오늘 돌아온 탕아처럼 뒷문으로 스며들면

이 불로不老의 님은 주름살 대신에
그 이마 사이 한결 더 밝아지신 백호白毫의 빛에 쪼인
감로의 영약 사발을 우리에게 권하신다.

찬양할지어다,
찬양하고 또 말을지어다.
님께서 이룩하신 진리의 묵은밭을.
그 한 이랑, 한 이랑씩을
맡아선 끝없이 꽃피며 갈지로다.

당산나무 밑 여자들

질마재 당산나무 밑 여자들은 처녀 때도 새각시 때도 한창 장년에도 연애는 절대로 하지 않지만 나이 한 오십쯤 되어 인제 마악 늙으려 할 때면 연애를 아조 썩 잘한다는 이얘깁니다. 처녀 때는 친정부모 하자는 대로, 시집가선 시부모가 하자는 대로, 그다음엔 또 남편이 하자는 대로, 진일 마른일 다 해내노라고 겨를이 영 없어서 그리 된 일일런지요? 남편보단도 그네들은 웅뎅이도 훨씬 더 세어서, 사십에서 오십 사이에는 남편들은 거이가 다 뇌점으로 먼저 저승에 드시고, 비로소 한가해 오금을 펴면서 그네들은 연애를 시작한다 합니다. 박푸접이네도 김서운니네도 그건 두루 다 그렇지 않느냐구요. 인제는 방을 하나 왼통 맡아서 어른 노릇을 하며 동백기름도 한번 마음껏 발라 보고, 분세수도 해 보고, 김서운니네는 나이는 올해 쉰하나지만 이 세상에 나서 처음으로 이뻐졌는데, 이른 새벽 그네 방에서 숨어 나오는 사내를 보면 새빨간 코피를 흘리기도 하드라구요. 집 뒤 당산의 무성한 암느티나무 나이는 올해 칠백 살, 그 힘이 뻗쳐서 그런다는 것이여요.

사과 하늘

하늘이 원통 새로 물든 풋사과 한 개 맛이 되는 가을날이 사과나무라곤 한 그루도 없는 질마재 마을에는 있었습니다. 사과밭은 재 너머 시오리 밖에 멀찌감치 눈에 안 띄게 있었지마는 소금 장사 황동이 아버지가 빈 지게로 돌아드는 저녁 노을 쯤이면 하늘은 통채로 사과 한 개가 되어 가지고 황동이네 지붕과 마당에 그뜩해졌습니다.

효자 황동이 아버지의 아버지영감님 손에만 쥐여지는 이 마을선 단 한 개뿐인 사과. 그 껍질 얇게얇게 벗겨서는 야몽야몽 영감님 혼자만 잡수시는 그 기막힌 속살 맛으로요. 또 겨우 영감님의 친손자 황동이만이 은어먹게 되는 그 참 너무나 좋게는 붉은 그 사과 껍질 맛으로요. 그리고 또 그 할아버지와 그 손자가 그 속살과 그 껍질을 다 집어세도록까지, 그 턱밑에 바짝 두 눈을 갖다 대고 어린 목당그래질만 열심히 열심히 하고 서 있는 내 또래 아이들의 목에서 나와 목으로 다시 넘어가는 그 꿈에도 차마 못 잊을 군침 맛으로요.

격포우중格浦雨中

여름 해수욕이면
쏘내기 퍼붓는 해 어스럼,
떠돌이 창녀 시인 황진이의 슬픈 사타구니 같은
변산 격포로나 한번 와 보게.

자네는 불가불
수묵으로 쓴 싯줄이라야겠지.
바다의 짠 소금 물결만으로는 도저히 안 되어
벼락 우는 쏘내기도 맞아야 하는
자네는 아무래도 굵직한 먹글씨로 쓴
싯줄이라야겠지.

그렇지만 자네 유랑의 길가에서 만난
사련邪戀 남녀의 두어 쌍,
또 그런 소질의 손톱의 반달 좋은 처녀 하나쯤을
붉은 채송화 떼 데불듯 거느리고 와
이 뇌성 취우의 바다에 흩뿌리는 것은
더욱 좋겠네.

짓이기어져 짓이기어져 사람들은 결국
쏘내기 오는 바다에
한 줄 굵직한 수묵 글씨의 싯줄이라야 한다는 것을
이 세상의 모든 채송화들에게
예행연습 시켜야지.

그런 용묵 냄새 나는 든든한 웃음소리가
제 배 창자에서
터져 나오게 해 주어야지.

한 발 고여 해오리

이동백李東伯이 새타령에
'월명月明 추수秋水 찬 모래
한 발 고여 해오리' 있지?

세상이 두루두루 늦가을 찬물이면
두 발 다 시리게스리 적시고 있어서야 쓰는가?

한 발은 치켜들어 덜 시리게 고였다가
물속에 시린 발이 아조 저려 오거던
바꾸어서 물에 넣고 저린 발 또 고여야지.

아무렴 아무렴 그렇고말고.
슬기가 별 슬기가 또 어디 있나?

제8시집

서으로 가는 달처럼…

—세계기행시집

쌈바춤에 말려서

브라질 리오데자네이로의 밤 뒷골목의 쌈바춤은
사람들이 그렇게 추는 게 아니라,
하눌이 어찌다간 한번씩
경풍驚風 난 쏘내기 마음이 되어
사람들 속에 숨어들어서
지랄 야단법석을 부리시는 거라.
더구나 그게 젊은 예편네 속에나 들어갈 양이면
음 칠월에 암내 낸 소보다도 더 미치는 거라.
무지개를 뛰어넘어 다니는
소보다도 훨씬 더 미치는 거라.

여余도 지난 무오년 늦여름 밤의 리오데자네이로에서
난생처음으로 이 쌈바춤에 말려들어 봤는데,
나의 짝—흑인 예편네가 하자는 대로
한참을 껑충거리다 보니 두 다리에 쥐가 나버려서
픽지건히 바닥에 주저앉았드러니,
"애개개 요새끼! 머이 이따웃게 있어?"
하며, 내게 등을 두르고 돌아서서는

139

그녀 볼기짝 밑의 사타구니를
저의 할아버지뻘은 되는 내 코에
몽땅 바짝 들이대는데
야! 찐하기도 찐하기도 한 그 냄새의 벌罰이라니!

하눌도
이런 남미 리오데자네이로의 밤 뒷골목 같은 데 와선
이런 찐한 짓거리도 가끔은 시키며 노시는 거라.

나이로비의 두견새 소리

햇빛이 늘 너무나 밝고 뜨거우면은
슬픔도 슬픔대로 꽃봉오리가 돼
찬란한 꽃으로 피어나는 것일까?

서러운 두견새의 서러운 소리도
아프리카 케냐의 나이로비쯤에 오면
이미 싱그러운 꽃숭어리가 되어서
따로 서러울 것도 없이만 되는 것을
나는 한밤중
나이로비 마사이 족의 마을에 와서
난생처음으로 비로소 알게 됐다.

「모란이 피기까지는」의 우리 시인
영랑 김윤식이
내 곁에서 함께 들었으면 싶어졌다.
그가 말한 '찬란한 슬픔의 봄'의
"그 슬픔이 어디 따로 남았느냐?"고
나직이 다우쳐 물어보고 싶어졌다.

만 송이의 새 모란꽃 불 밝혀 피는 듯한
아프리카 마사이 마을의 화창한 두견새 소리
그 소리에 얼려 들어 뒤뚱거리고 섰다가
'큰 슬픔은 큰 기쁨일 수도 있다'는 걸
나는 새로이 깨닫게 됐다.

* 아프리카 케냐의 시골에서 밤에 많이 우는 두견새 소리는 우리나라 것과 같으
면서도 그 싱싱한 비非 비극적인 인상으로 나를 새로이 감동케 했다.

겁劫의 때

석가모니의 조국 네팔 사람들은
히말라야 산골 물로만 그 몸을 씻을 뿐
아직도 거이 세숫비누를 쓰지 안 해
삼삼하게는 고은 때가 산 그림자처럼 끼었다.

오억 삼천이백만 년쯤을
하루쯤으로 잡아 살기 마련이라면
이건
제절로 그리 되는 아주 썩 좋은 것이라고 한다.

* 불교의 한 시간 단위인 겁—칼파(kalpa)의 하나씩의 길이는 이 땅의 시간 수로
치면 오억 삼천이백만 년에 해당한다고 전해져 내려오고 있다.

제9시집

학이 울고 간 날들의 시
—시로 읽는 한국사 반만년

곰 색시

제 딴으론 사는 힘에 자신이 있다고 생각한 사나운 계집애와 어리석은 계집애는 하느님의 제일 이쁜 아드님 환웅한테서 먹고 살 것으로 쑥과 마늘만을 얻어 가지고 깡캄한 굴속에서 누가 더 잘 참고 견디어 내나 겨루어 보기로 했던 것인데, 그야 물론 자발머리없는 호랑이 같은 계집애가 졌습죠. 어리석은 건 그래도 그 견디는 푼수가 사나운 것보다는 나아서, 곰 처녀는 그 쓴 쑥과 그 매운 마늘만을 먹고 살면서도 어리석은 양 그냥 잘 참아 냈지만, 방정맞은 호랑이 처녀는 제 잘난 바람에 그만 도중에서 발끈 지랄하며 뛰어나가 딴전을 보아 버리고 말았습죠.

그리하여, 쓴맛 매운맛을 두루 다 견디어 참으며 살 수 있는 곰 처녀가 끝없이 오래 갈 하늘의 마음을 그 마음속에 간직해 갈 자격을 얻어서 환웅의 아내로 뽑히었습니다.

그게 참 무척은 반가웁다고 밭에서는 까치들이 째재거리기 비롯했는데, 그때부터 까치가 먹는 것으로 까치마늘이란 이름이 붙은 것도 새로 생겨나게 되었었지요. 아릿하긴 하지만 과히 매웁진 안한 쬐그만 그 까치마늘도 그 뒤부터 이어서 밭고랑에 가끔가끔 돋아나게 됐지요.

애를 밸 때, 낳을 때

신라 상대上代 여자들 가운데는
밤에 어둔 밤길을 가다가
하늘에 별빛을 입으로 은어먹고 와서
사내하고 같이 잠자리에 들어
애기를 배는 색시도 있었네.
그것 참 무척은 황홀해 좋았을 거야!

그래서 애기가 생겨날 때는
열 달 전에 은어먹은 그 별 내음새가
창구멍이 빵빵 나게 풍겼다는데,
노고지리 한 천 마리 하늘 날아오르듯
이것도 참 매우 매우 씽그러웠을 거야!

안 잊히는 일들

국화와 산돌

산에 가서 땀 흘리며 줏어온 산돌.
하이얀 순이 돋은 수정 산돌을
국화밭 새에 두고 길렀습니다.

어머니가 심어 피운 노란 국화꽃
그 밑에다 내 산돌도 놓아두고서
아침마다 물을 주어 길렀습니다.

서리 오는 달밤 길

어머니가 급병이 나서, 나는 삼십 리 밖에 가서 계시는 아버지한테 알리러 산협 길을 달려갔습니다. 아버지를 모시고 돌아올 때는 맑고 밝은 달빛에 서리가 오는 쓸쓸키만 한 밤이었는데, 어느새 새벽녘인지 먼 마을에선 울기 비롯는 교교한 수탉 울음소리도 들려오고 있어, 나는 칩고 외로워서 아버지의 하얀 무명 두루매기 안으로 들어서서 그의 저고리 한쪽 끝을 단단히 움켜잡으며 걸어가고 있었습니다. 그러다가는 또 뛰쳐나와서 땅과 하늘에서 일어나고 있는 일들을 두리번거려 보고 듣고 있었습니다.

무성한 갈대밭 위로는 문득 몇십 마린가 기러기 한 떼가 끼르릉 끼르릉 하고 그 소리의 종성인 'ㅇ' 소리를 여러 개의 종 소리의 여운처럼 울리며 날아가고 있고, 또 내가 걷는 길 밑에 산협 강물은 남실남실 차 있었는데, 아버지는 이걸 "참때로구나" 하셨습니다. 바다에 만조 때가 되어서 그 조류가 산협의 강물을 떠밀며 몇십 리고 거슬러 올라오고 있다는 뜻입니다.

그래 나는 어느새인지 치위도 외로움도 잊고, 이 모든 것의 구성은 아주 좋다는 느낌을 갖게 되어 있었습니다. '구성構成'이라는 그런 한자 단어는 아직 몰랐으니까 그런 말을 써서 그런

건 아니지만요.

　그래서, 이날밤 내가 느낀 이 구성은 이 뒤에도 내가 사는 데 한 중요한 표준이 되었습니다. 물론, 이만큼도 못한 것은 승겁다고요.

제11시집

노래

초파일의 신발코

모든 길은 신발코에서 떠나갔다가
돌아 돌아 신발코로 되돌아오네.
판문점을 동서양을 돌고 돌아도
신발코로 신발코로 되돌아오네.

사월이라 초파일 밤 절간에 가서
등불 하나 키어 놓고 오는 그 길도
산두견새 울음 따라 돌고 돌아서
신발코로 신발코로 되돌아오네.

돼지 뒷다리를 잘 붙들어 잡은 처녀

옛날에 옛적에 고구렷적에
하늘에다 바치려고 매논 돼지가
고삐 끊고 산으로 도망을 갔네.
요리조리 철쭉꽃 가지 굽듯이
철쭉꽃 사잇길을 요오리조리.
철쭉꽃 사잇길을 요오리조리.

이 세상에서 술통을 제일 잘 만드는
술통 마을 허리 좋은 스무 살 처녀
이빨 좋고 눈 좋은 힘센 처녀가
맵싸게는 뛰어나와 그 돼질 따라
그 뒷발을 냉큼성큼 움켜잡았네.
철쭉꽃 맵시보다 못하진 않네.

그래서 옛적에 고구렷적에
주먹 좋고 살 좋은 임금께서는
그 처녀를 떼메다가 아낼 삼았네.
도망치는 돼지 다릴 붙들어 잡듯

어느 밤도 새벽도 매우 암팡진

이 처녀와 재미를 많이 보았네.

박꽃이 피는 시간

해 어스름 붉은 노을 곱게 탈 때면
초가집 지붕 위엔 박꽃 폈었지.
그러면 어머니는 그걸 보시고
저녁 지을 우물물을 길러 가셨지.
물동이 머리 이고 길러 가셨지.
　　하얀 하얀 박꽃은 울 어머니 꽃.
　　해 질 무렵 어머니가 잘 아시던 꽃.

고요하고 깨끗하게 박꽃이 피는
그 박꽃 시간에 어머니 지은
보리밥도 쌀밥도 다 맛이 좋았지.
수수밥 누룽지도 맛이 좋았지.
아무렴 그 숭늉도 맛 참 좋았지.
　　하얀 하얀 박꽃은 울 어머니 꽃.
　　해 질 무렵 어머니가 잘 아시던 꽃.

제12시집

팔할이 바람

ㅡ담시로 엮은 자서전

영호 종정 스님의 대원암 강원

내가 내 운수라는 것에 맞추어
찾아든 개운사 대원암 강원의
강주講主 박한영 스님의 아호는 석전石顚,
승으로서의 법명은 정호, 법호는 영호,
이때 이분의 나이는 예순네 살로서,
조선 불교 대표인 교정教正의 자리와
중앙불교전문학교 교장직을 겸하고 있었지만
사생활의 재미론 곶감을 좋아해서
뒷간까지 갖고 가 그 씨들을 뱉어 놓는 것과,
밑을 닦은 뒤에도 안심치가 않아
뒷간 옆에 흐르는 실개울에서
그 똥구먹을 더 깨끗이 씻고 계시는 일 등이었다.

나보고, 이분이
"아직 중이 되기 싫거든
학인으로 위선 불경 공부를 해봐라.
허지만 학인도 머리털을 깎아야 한다"고 하셔서,
이 양반 참관리에 날카론 삭도로 나는

장발을 깎이었는데,

그게 다 깎이자, 이분은 삥 한 바퀴 돌아보고 나서

"여! 자네 거 이쁜 알 같구나!" 하시며

내 뱃속도 하늘의 뱃속도 덩달아 웃지 않을 수 없는

그런 아조 유쾌한 웃음소리를 한바탕 터트리고 계셨다.

이분 지시대로 나는 한문의 능엄경을 먼저 배워 읽기 시작했

는데,

이 경의 주인공 아난존자가

요녀 마등가에게 홀렸다가 빠져나오는 것을

열심히 열심히 역설하고 계셨던 걸 보면

이게 역시 그의 인생에서도 가장 큰 문제였던 것일까?

아니면 내 젊은 전정前程에서 첫째 이걸 염려하신 거리라.

내 속에 깃들여 있다고 보신 신성神聖 가능성

그것이 여색에 흐려질까 봐 걱정하신 거리라.

그러나 한용운 시인이 '맑은 보름달'에 비유한 이 고승은

세상 물정이 어떤가는 영 모르셨으니,

어떤 날 점심에 공양주가

두붓국에 어란을 비벼 넣어 끓여 바쳤어도

"공양주 너 오늘은 거 두붓국 한번 맛있게는 잘 끓였구나"하

실 정도였네.

이분은 법당 뒤 별채의 한 방을 내게 주어

'광산마저匡山磨杵'라는 현액 글씨를 써 출입문 위에 붙이게

하시고,

나는 그 속에서 능엄경을 읽는 사이,

34년 4월, 우리네의 가슴을 아프게 하는

진달래는 이 산골 발치에까지 내리다지로 피어나

그런 하염없는 어느 맑은 오후

나는 그 툇마루에서 무심결에 담배에 불을 붙여 피우고 있었

는데,

이때 누가 법당 뒤쪽 툇마루에서

"허어 정주! 자네 거 공장 굴뚝에서

연기 솟아나는 것 같네 그려……"

하고 외치고 있는 소리가 들려서

엉겁결에 피우던 담배를 땅에 떨어뜨리며
물끄럼히 건네다 우러러보니
그것은 틀림없는 그 대종사 스님이었네.

이것은 물론 계율을 어긴 자에 대한 당연한 꾸지람이었지만
내가 일흔세 살된 지금에도 기억할 때마다 잊지 못하는 건
그때 그 말씀의 뜻이 아니라
이 말씀을 하시던 때의 그 너무나 서러워 못 견디어 하시던
그 말씀소리의 곡절 바로 그것이네.

내가 네 살 때던가 다섯 살 때
나는 마루에서 낮잠을 자다가
굴러 마루 아래로 떨어질 뻔한 적이 있었는데,
이때 바로 내 할머니가 이걸 발견하고 쫓아와서
"아이고 내 새끼야!" 외치시며
나를 끌어안던 바로 그때의 그 음성
그것과 너무나도 곡절이 같아서네.

관악산 봉산산방

1970년 3월 10일

관악산이 눈앞에 바로 잘 바라보이는

사당 1동(현재의 남현동)이란 곳으로 이사하고

신축한 우리 집 이름을 봉산산방蓬蒜山房이라고 했으니

이 뜻은 우리 겨레의 맨 처음의 어머니께서

원래는 곰이었다가 쑥과 마늘만을 자시고 한동안 잘 참으셔서

좋은 처녀가 되어 우리 시조 단군을 낳으셨기 때문에

나도 이제부터는 쑥같이 쓰고 마늘같이 매운 일들을

더 잘 견뎌 내야겠다고

그 마음을 서약하여 붙인 것이다.

사실 이곳으로 이사 온 이유는

그 전에 살던 공덕동 301번지에서

같이 살던 사람들이 철물을 다루는 소공장을 거기 차려서

내 약한 신경을 쑤시는 소음을 참기 어려워 도망쳐 나온 것이었으나

와서 살아 보니 여기는 햇빛도 훨씬 더 맑고,

까치나 꿩, 꾀꼬리, 뻐꾸기도 이어서 잘 울어 주는 산골이
어서
그야말로 전화위복이 되었다.
그 전화위복이란 것은 언뜻 보아 없는 것도 같지만
사실은 이와 같이 틀림없이 있는 것이다.

우리가 이사 올 때만 해도 이 사당동은
'여편네는 없어도 살지만
고무장화 없이는 살 수가 없다'는 곳으로
비만 오시면 사방은 두루 질척질척한 진흙밭이 되어서
나도 뻐스 정류소까지의 20분쯤의 보행엔
고무장화 덕으로 다녔고
뻐스에 탈 때는 그걸 벗어 그 근방의 단골 가게에 맡긴 뒤에
보자기에 싸 가지고 간 구두로 바꾸어 신었었나니,

뻐스라도 여기 뻐스는 입석도 통로도
콩나물시루같이 그뜩 만원이라
무거운 짐을 든 손님은 여기 들어서자마자 으레

"여기다 실례할꺼나? 저기다 실례할꺼나?" 하며

그 무거운 것들을 어린 학생들의 무릎에다가 척척 올려놓는 바람에

이 애들도 아침부터 지치게 되어서

흑석동의 국민학교에 다니는 내 손자아이는

하학길에 이 진흙밭을 헤치고 집으로 돌아오다간

역구풀 언덕 같은 데 우두머니 주저앉아 버리는

피곤한 자연 관조파가 되기도 한다고

이 애 할머니인 내 아내는 말하기도 하더군.

나와 내 손자가 고무장화로 드나드는 이 진흙밭의 한쪽 언덕에는

불쌍하게 살다 죽은 중국인의 묘지도 있어,

이 1970년 7월의 펜클럽 서울대회에 참석했던

중국의 원로 시인 종정문鍾鼎文이가

중국 문학자 허세욱의 안내로 우리 집에 왔다가

술에 취해 뻐스를 타러 가는 길

이걸 발견하고 여기 뛰어들어 참았던 오줌을 쏟아놓으며

"아 여기 오니 비로소 오줌이 자유롭군."

하고 유쾌히 되뇌이던 것도 기억에 남는군.

나는 또 그와 그의 동포의 고혼故魂들을 위로해 줄 양으로

'나무 삼만다 모따남 모따남 모찌 사바하' 하는

이 천지의 왼갖 귀신들 위로용의 불교의 밀어密語를 한바탕

외고……

그리하여 이 관악산 밑의 내 집 봉산산방에서 내가 새로 시작

한 일은

호주머니 사정이 허락하는 대로

여러 가지 꽃나무들과 여러 모양의 바윗돌들을 모아

이것들의 모양과 빛깔을 늘 대조해 보며

조끔치라도 더 나은 조화를 이루게

배치해 보고 또 고쳐 배치해 보고 하는 일이었네.

사군자를 비롯해서 소나무, 모과나무, 살구와 감과 대추나무,

산사와 후박과 해당화, 당唐해당화, 등나무, 영산홍과 영산백과

영산자,

흑모란, 백모란과 작약에 각종의 철쭉꽃들과
또 풀꽃으론 도라지와 더덕을 비롯해
붓꽃과 상사초 등
눈에 띄는 대로 사들여 와서는
강과 산에서 캐 온 바위들과 되도록 잘 어울리게
이것들의 구성에 남는 시간을 다 썼던 것인데
이런 몇 해 동안의 내 몰입은
그 뒤의 내 시상의 구성에도
은연중 작용했던 것 같네.

이때 나를 도와서
이것들을 싸게 입수하기에 힘을 다했던,
지금은 고인 된 박 서방의 영전에
이 자리를 빌어 명복을 비네.
나무대비 관세음……

제13시집

산시 山詩

어느 맑은 날에 에베레스트 산이 하신 이야기

나 에베레스트를 비롯해서

히말라야 전 산맥의 산들을

가는 떡가루처럼 두루 빻아

사억 삼천이백만 년이 지날 때마다

그 가루 한 개씩을 헐고 가서

그걸 모다 뿌려 마친 시간의 길이도

그건 역시나 가한수可限數라

처음도 없고 끝도 없이 영원키만 한

자기의 정신 생명에 견줄 수는 없다고

또렷또렷 제자들을 타이르고 있던

네팔의 석가모니

그런 사내를

나는 아직도 더 본 일이 없다.

그 나이 여든 살 나던 된 흉년에

고향 생각이 간절히 나서

터덕터덕 걸어

인도에서 네팔로 가고 있던 도중에

춘다라는 대장쟁이네가 끓여준
독버섯국을 먹고
피를 토하며 숨넘어가고 있으면서도
그 춘다에게 또
그의 그 자비의 영생사상을
끝까지 가르치고만 있던
그런 사람을
나는 아직도 더 본 일이 없다.

히말라야 산사람의 운명

히말라야 산사람의 운명은
아직도 옛날 그대로
하늘에서 드리우고 있는
산 동아줄에 매달려 있다.
그리고 이 동아줄의 마음속에는
아조 밝은 눈이 있어
초롱초롱하시다.

그러니 꿈에라도
불 꺼진 잿더미 곁에는 가지 마라.
날리는 잿가루에 눈이 멀면
네 동아줄 속의 눈도 멀어 뻐린다.

그리고
죽은 쥐나 죽은 여우를
오래 쳐다보지 마라.
네 맑은 숨결이
죽은 그것들 숨구먹으로

모조리 빨려 들어가 뻐리면
어떻게 하겠니?

그래서
네 하늘의 동아줄도 그만
폭삭 다 삭어서
동강 끊어져 뻐리면
그걸 어떻게 하겠니?

제14시집

늙은 떠돌이의 시

에또 푸로스또 말리나!

"에또 푸로스또 말리나!"
이 롸씨야 말은
'야 이건 진짜 산딸기구나!' 하는 뜻으로,
감동할 만한 진실을 만났을 때나,
오래 구하던 걸 얻었을 때나,
경상도 사람이 반가운 친구를 만났을 때
"야 이 문둥아!" 하듯이,
그렇게 쓰이는 말인데요.

1992년 여름
나와 내 아내가 마스끄바에서 굶주려서
먹을 것을 찾아 헤매 다니다가
어느 구석에 오니
이 산딸기 한번 되게 싸게는 팔고 있더군요.
어느 수풀들에서 몇 날을 걸려 따 모아 온 것인지
1딸라에 2키로를 사서 들고 먹으니
두 눈깔이 금시에 밝아 오더군요.
"에또 푸로스또 말리나!"

이게 실물實物로 이렇게도 싸게 되살아난 건

참말 묘한 일이더군요.

(1992. 11. 25. 서울)

가을비 소리

단풍에 가을비 내리는 소리
늙고 병든 가슴에 울리는구나.
뼉다귀 속까지 울리는구나.
저승에 계신 아버지 생각하며
내가 듣고 있는 가을비 소리.
손톱이 나와 비슷하게 생겼던
아버지 귀신과 둘이서 듣는
단풍에 가을비 가을비 소리!

(1991. 10. 17. 서울)

183

이 세상에서 제일로 좋은 것

이 세상에서 제일로 좋은 것은
낳아서 백일쯤 되는 어린 애기가
저의 할머니 보고 빙그레 웃다가
반가워라 옹알옹알
아직 말도 안 되는 소리로
뭐라고 열심히 옹알대고 있는 것.

그리고는
울타릿가 감나무에
산까치가 날아와서
뭐라고 거들어서
짹짹거리고 있는 것.

그리고는
하늘의 바람이 오고 가시며
창가의 나뭇잎을 건드려
알은체하게 하고 있는 것.

(1993. 8. 20. 서울)

제15시집

80소년 떠돌이의 시

고창 선운사의 동백꽃 제사

고창 선운사의 수만 송이 동백꽃이
핏빛으로 핏빛으로 떨어져 내려
봄의 풀섶들이 슬퍼 울게 하는 날은
고창 사람들은 그 동백꽃 넋들이 너무나도 안쓰러워
하늘로 하늘로 두 손 모아서
그 넋들을 보내는 제사를 지낸다.

1994년 7월 바이칼 호수를 다녀와서
우리 집 감나무에게 드리는 인사

감나무야 감나무야

잘 있었느냐 감나무야

내가 없는 동안에도

언제나 우리 집 뜰을 지켜

늘 싱싱하고 청청키만 한 내 감나무야.

내가 씨베리아로

바이칼 호수를 찾아가 보고 오는 동안에

너는 어느 사이

푸른 땡감들을 주렁주렁 매달았구나!

나는

1742미터 깊이의

이 세상에서 제일 깊고 맑은

호수를 보고 왔는데,

너도

그만큼 한 깊이의 떫은

그 푸른 땡감 열매들을

그 사이에 맨들어 매달았구나!

내 착한 감나무야.

어린 집지기의 구름

다섯 살짜리
어린 집지기의 자유가
어느 만큼 잘 익은
어느 밝은 오후에
주춤주춤 걸어서
집앞 시냇가로 가보니,
역귀풀꽃 테두리한
그 맑은 시냇물에
그림자 드리운
흰 구름 한 송이 떠서
나를 마중 나와
내 머리 위에 올라앉았다.
그래 이때부터 나는
이 구름을 늘 내 머리에 매달고
살아오다가 어느 사이 80이 되었다.

늙은 사내의 시

내 나이 80이 넘었으니
시를 못 쓰는 날은
늙은 내 할망구의 손톱이나 깎어 주자.
발톱도 또 이쁘게 깎어 주자.
훈장 여편네로 고생살이하기에
거칠 대로 거칠어진 아내 손발의
손톱 발톱이나 이쁘게 깎어 주자.
내 시에 나오는 초승달같이
아내 손톱 밑에 아직도 떠오르는
초사흘 달 바래보며 마음 달래자.
마음 달래자. 마음 달래자.

나는 아침마다 이 세계의 산
1628개의 이름들을 불러서 왼다

나는
날이 날마다 아침이면
이 세계의 산 1628개의 이름을
소리내어 불러서 왼다.
이것은
늙어 가는 내 기억력의 침체를 막기 위해서지만,
다 불러서 외고 나면
킬리만자로 산 밑의 사자 떼들,
미국 서부 산맥의 깜정 호랑이 떼들,
히말라야 산맥의 흰 표범의 무리들도
내게 웃으며 달려와서 아양을 떨고,
또 저 트리니닫의 하늘의 홍학의 무리들도
수만 마리씩
그들의 수풀에 자욱히 날아 앉아
꽃밭이 되며 꽃밭이 되며
나를 찬양한다.
해와 달도 반갑게는 더 밝아지고,
이래서 나는 다시 살아나는 것이다.

겨울 어느 날의 늙은 아내와 나

오랜 가난에 시달려 온 늙은 아내가
겨울 청명한 날
유리창에 어리는 관악산을 보다가
소리 내어 웃으며
"허어 오늘은 관악산이 다아 웃는군!" 한다.
그래 나는
"시인은 당신이 나보다 더 시인이군!
나는 그저 그런 당신의 대서쟁이구……" 하며
덩달아 웃어 본다.

영원을 노래하는 떠돌이 시인

윤재웅
문학평론가·동국대학교 총장

　미당 서정주(1915~2000)는 한국 문학사의 가장 큰 시인이다. 창작 기간만 70년에 이르고 발표작이 천 편을 넘는다. 그가 남긴 15권의 시집 속에는 10대부터 80대까지 인생의 다채로운 면모가 있고, 심오하고 내밀한 생의 탐색이 있으며, 시간적으로 장구하고 공간적으로 광활한 스펙트럼이 펼쳐진다.

　1941년에 펴낸 첫 시집으로 우리 문학사에 '영원히 젊은 시인'의 초상을 각인시킨 서정주. 『화사집』은 문학적 상상력의 신대륙을 발견하여 한국문학의 역사를 바꾸었다. 평론가 이남호는 "1941년에 우리가 일본보다 더 훌륭한 것을 만들어 일본을 압도하고 민족적 자존을 높인 유일한 사례가 『화사집』"이라고 말한 바 있다.

애비는 종이었다. 밤이 깊어도 오지 않았다.

파뿌리같이 늙은 할머니와 대추꽃이 한 주 서 있을 뿐이
었다.

(중략)

스물세 해 동안 나를 키운 건 팔할이 바람이다.

세상은 가도 가도 부끄럽기만 하드라.

어떤 이는 내 눈에서 죄인을 읽고 가고

어떤 이는 내 입에서 천치를 읽고 가나

나는 아무것도 뉘우치진 않을란다.

찬란히 티워 오는 어느 아침에도

이마 우에 얹힌 시의 이슬에는

몇 방울의 피가 언제나 섞여 있어

볕이거나 그늘이거나 혓바닥 늘어트린

병든 숫개마냥 헐떡어리며 나는 왔다.

— 「자화상」

『화사집』맨 첫머리에 실린 「자화상」은 시의 절대 경지를 추
구하겠다는 시인 서정주의 최초의 자기 선언이다. 사람들은
「자화상」에서 "나를 키운 건 팔할이 바람이다"라는 강렬하고
매혹적인 문장에 전율하지만, "이마 우에 얹힌 시의 이슬"의 이

미지야말로 미당이 평생 추구하고자 했던 아름다움의 결정체이다.

이 시는 식민지 지식인 청년의 고뇌로 이해해도 좋겠다. 비운의 청춘은 그러나 절규만 하지 않는다. 그는 '죄인'과 '천치'의 평가를 감내하고서라도 '시인의 길'을 가길 원했다. 일찍이 미당은 자신의 운명을 예지적으로 파악한 시인이었다.

내 너를 찾아왔다 수나. 너 참 내 앞에 많이 있구나. 내가 혼자서 종로를 걸어가면 사방에서 네가 웃고 오는구나. 새벽닭이 울 때마다 보고 싶었다. 내 부르는 소리 귓가에 들리드냐. 수나, 이게 몇만 시간 만이냐. (중략) 종로 네거리에 뿌우여니 흩어져서, 뭐라고 조잘대며 햇볕에 오는 애들. 그중에도 열아홉 살쯤 스무 살쯤 되는 애들. 그들의 눈망울 속에, 핏대에, 가슴속에 들어앉어 수나! 수나! 수나! 너 인제 모두 다 내 앞에 오는구나.

—「부활」

『화사집』의 마지막 작품 「부활」은 죽은 소녀를 애타게 호명하는 시이다. 사랑하는 사람을 잃은 상실의 고통을 극복하는 과정에서 미당은 삶과 죽음의 경계를 넘나드는 존재에 대한 초월적 인식을 보여 준다. 이는 동양 사상에 대한 탐구로 이어져 향후 서정주 문학의 방향을 가늠하게 해준다.

『귀촉도』(1948)는 『화사집』의 격정과 뜨거운 숨결을 가라앉히고 '무형의 넋'에 대한 성찰과 전통 세계에 대한 지향을 드러낸다. 조선일보 폐간 기념시로 청탁받았으나 오래 집을 비우느라 폐간일(1940년 8월 10일)에 맞추지 못했던 「행진곡」이 실려 있다.

> 잔치는 끝났드라.
> 마지막 앉어서 국밥들을 마시고,
> (중략)
>
> 결국은 조끔씩 취해 가지고
> 우리 모두 다 돌아가는 사람들.
>
> 목아지여
> 목아지여
> 목아지여
> 목아지여
>
> 멀리 서 있는 바닷물에선
> 난타하여 떨어지는 나의 종소리.
>
> ──「행진곡」

이 시에서 미당은 '목아지여'를 네 번 반복함으로써 식민지 민족의 비애감을 탁월하게 형상화한다. 민족 언론이 폐간당하는 통한의 체험적 표현은 실제로 큰 위력을 발휘해 당시 순회 연극단 일원들이 민족애를 북돋게 하는 내용의 공연을 하다가 일본 경찰에 체포되는데 그 심문 과정에서 「행진곡」의 영향임이 밝혀진 것. 서정주는 독립 사상을 고취시킨다는 혐의로 두 달 반 동안 고창경찰서 유치장에 구금된다.

청산이 그 무릎 아래 지란芝蘭을 기르듯
우리는 우리 새끼들을 기를 수밖엔 없다

—「무등을 보며」 부분

그립고 아쉬움에 가슴 조이든
머언 먼 젊음의 뒤안길에서
인제는 돌아와 거울 앞에 선
내 누님같이 생긴 꽃이여

—「국화 옆에서」 부분

강물이 풀리다니
강물은 무엇하러 또 풀리는가
우리들의 무슨 서름 무슨 기쁨 때문에

강물은 또 풀리는가

　　　　　　　　　　　―「풀리는 한강가에서」부분

　『서정주시선』(1956)은 모국어의 찬란한 성채들이 눈부신 시
집이다. 국민 애송시「국화 옆에서」를 비롯해「신록」,「학」,「내
리는 눈발 속에서는」등 서정주의 주옥같은 시들이 수록되었다.
한국전쟁의 참화를 겪고 난 뒤 정신의 공허를 생에 대한 긍정으
로 극복하기 위한 시편들이 주류를 이룬다. 이후 미당의 관심은
동양고전이나 한국의 문화유산에 대한 탐색으로 이어진다.
　『신라초』(1961)와『동천』(1968)은 영원성의 시간 의식을 내
면화한 '신라정신'에 대한 탐구의 산물이다. 서정주는 통일신
라 문화의 원류인 풍류도를 자신의 시 속에 본격적으로 수용한
최초의 한국 시인이었다.

　마흔다섯은
　귀신이 와 서는 것이
　보이는 나이.

　참 대 밭 같이
　참 대 밭 같이

　겨울 마늘 낼

풍기며,

처녀 귀신들이

돌아와 서는 것이

보이는 나이.

귀신을 길들 만큼 지긋치는 못해도

처녀 귀신허고도

상면은 되는 나이.

—「마흔다섯」

　미당을 일러 '우리말을 귀신처럼 다루는 시인'이라고들 하지
만, 실제로 미당은 '귀신'에 대한 관심이 지대했다. 심령술이나
점술 차원이 아니라 미학적 호기심으로 옛이야기들을 탐독하
면서 삶의 영원한 본질에 천착했다. 이 무렵 미당이 가장 공들
여 공부한 고전은 『삼국유사』이다.

　꽃아. 아침마다 개벽하는 꽃아.

　네가 좋기는 제일 좋아도,

　물낯바닥에 얼굴이나 비춰는

헤엄도 모르는 아이와 같이

나는 네 닫힌 문에 기대섰을 뿐이다.

문 열어라 꽃아. 문 열어라 꽃아.

벼락과 해일만이 길일지라도

문 열어라 꽃아. 문 열어라 꽃아.

—「꽃밭의 독백」부분

『신라초』에 실린 이 시는 박혁거세의 어머니인 '사소부인'의 독백으로 형상화되어 있다. 이 시기 미당은 역사책 속에 묻혀 있던 '신라 이야기'를 현재의 시간 속으로 끌어들인다. 신라 시 편들은 전통의 현대적 계승과 문학적 창달이라는 점에서 한국 현대시의 지평을 새롭게 확장한 경우이다.

내가
돌이 되면

돌은
연꽃이 되고

연꽃은

호수가 되고

내가

호수가 되면

호수는

연꽃이 되고

연꽃은

돌이 되고

—「내가 돌이 되면」

이별이게,

그러나

아주 영 이별은 말고

어디 내생에서라도

다시 만나기로 하는 이별이게,

연꽃

만나러 가는

바람 아니라

만나고 가는 바람같이……

        —「연꽃 만나고 가는 바람같이」 부분

불교의 선적 상상력이 돋보이는 작품들도 이 시기의 주요한 특징이다.「내가 돌이 되면」은 아我와 비아非我, 주체와 객체의 분별에 충격을 주고,「연꽃 만나고 가는 바람같이」는 시공간의 순환성, 윤회 같은 불교적 인식을 섬세한 감정의 흐름으로 담아낸다.

내 마음속 우리 님의 고은 눈섭을

즈믄 밤의 꿈으로 맑게 씻어서

하늘에다 옮기어 심어 놨더니

동지섣달 날으는 매서운 새가

그걸 알고 시늉하며 비끼어 가네

              —「동천」

많은 연구자가 미당의 대표작으로 손꼽는「동천」은 젊은 날 피가 섞여 있었던 '시의 이슬'이 도달한 곳이다. "내 마음속 우리 님의 고은 눈섭"은 미당의 서정시가 뻗어나간 한국 미학의 고고한 정점이다. 그곳은 지상과 천상과 인간이 심미적으로 결합한 기묘한 풍경화다. 천지인이 한데 어우러진 통일의 미가

고요함의 미학이라면, 이미지 화폭의 중심점을 비켜 날아가는 "매서운 새"의 긴장된 운동은 범접하기 어려운 절대의 미이다. 이런 정중동의 절묘한 결합이야말로 '시의 이슬'이 핏기와 물기와 헤어져 하늘에 오른 결과인 것이다.

『질마재 신화』(1975)는 자신의 고향마을과 관련된 이야기를 시로 만든 산문 시집이다. 첫날 밤 소박맞은 신부가 오랜 세월을 견딘 끝에 재가 된다는 이야기는 설화를 소재로 하고 있다. 「신부」의 마지막 구절 "초록 재와 다홍 재로 내려앉아 버렸습니다"에 나오는 '초록 재'와 '다홍 재'는 실제로도 없고 일상 어법에서도 존재하지 않는다. 오직 미당의 어휘 목록에만 있는 시적 존재이며 아름다운 소멸의 한 표상이다.

똥오줌 항아리를 거울삼아서 머리 빗질을 하는 상가수, 육담 좋은 이 생원네 마누라님의 오줌 기운, 우아랫니 하나도 없는 여든 살짜리 눈들 영감의 마른 명태 먹는 솜씨, 외할머니네 뒤안에 있는 '때거울' 툇마루, 신선 재곤이의 실종 사건…… 하늘 아래 좀처럼 볼 수 없는 희한한 이야기들을 수집하여 보고하는 시인의 입담은 능수능란하다.

독일의 문학평론가 발터 벤야민이 '농부형 이야기'로 불렀던 전형적인 한 마을의 서사인 『질마재 신화』는 독자를 즐겁게 해주는 이야기시의 전범으로 기억할 만하다. 이후 서정주는 '농부형 이야기'의 반대편에 있는 '선원형 이야기'를 통해 이야기시의 새로운 가능성을 또 한번 열어 보이는데 그것이 바로 세계 기행 시집 『서으로 가는 달처럼…』(1980)과 『산시』(1991)이다. 『서으로 가는 달처럼…』은 세계 여행을 하면서 보고 들은 견문을 엮은 것이어서 명실상부한 '공간의 확장 경험'을 제공하는 데 일조한다. 세계의 산 이름과 그 지역의 신화와 전설을 독창적인 화법으로 펼쳐 놓은 『산시』는 실제 경험이 아니라는 점에서 '공간의 상상적 확장'에 해당하는 경우이다.

『떠돌이의 시』(1976), 『늙은 떠돌이의 시』(1993), 『80소년 떠돌이의 시』(1997), 미당의 열다섯 권의 시집 가운데 이 세 권의 제목만 보더라도 미당 시의 중요한 본질 가운데 하나인 '떠돌이' 의식의 비중을 짐작하게 된다.

다섯 살짜리
어린 집지기의 자유가
어느 만큼 잘 익은
어느 밝은 오후에
주춤주춤 걸어서
집앞 시냇가로 가보니,
역귀풀꽃 테두리한
그 맑은 시냇물에
그림자 드리운
흰 구름 한 송이 떠서

나를 마중 나와

내 머리 위에 올라앉았다.

그래 이때부터 나는

이 구름을 늘 내 머리에 매달고

살아오다가 어느 사이 80이 되었다.

　　　　　　　　　　　—「어린 집지기의 구름」

다섯 살부터 여든에 이르기까지 스스로의 삶의 본질을 '구름'에 비유하고 있다. 시냇물에 비치던 구름을 늘 머리에 이고 살아온 삶이란 바로 자유롭게 방랑하는 '떠돌이의 생애' 아니던가. "나를 키운 건 팔할이 바람"이라는 시인의 예지력을 다시 한번 실감하게 된다. 70년 시의 생애 내내 그는 '영원을 노래하는 떠돌이 시인'이었던 것이다.

자전시의 영역도 주요한 부분이다. 미당은 『안 잊히는 일들』(1983)과 『팔할이 바람』(1988) 두 권의 자전 시집을 펴냈다. 시인 자신의 이야기를 시로 만든다는 것도 우리 현대 시문학사에서 서정주가 처음이었다. 이 시집들은 중복되는 부분도 있지만 보완되는 부분도 있어서 그의 자전 산문과 비교하여 읽으면 도움이 된다. 진솔한 기록들이 많아서 개인사 자료로 활용할 만한 가치가 있다. 미당의 전기에 관한 연구도 앞으로는 중요한 연구 영역이 될 것이다.

미당未堂은 서정주의 호이다. 시인은 '영원히 소년이고자 하는 마음'으로 풀이한다. '아직 사람이 덜 되었다'는 겸손과 끊임없이 노력한다는 의미가 담겼다. 소년이니 아직 미완성이고 완성을 향해 계속 나아가야 한다는 자기 최면도 있었을 것이다. 그것이 '바다에두고 바다바래여'의 마음이다. 이 시는 시인의 시론이자 인생론이기도 하다.

> 바닷속에서 전복따파는 제주해녀도
> 제일좋은건 님오시는날 따다주려고
> 물속바위에 붙은그대로 남겨둔단다.
> 시의전복도 제일좋은건 거기두어라.
> 다캐어내고 허전하여서 헤매이리요?
> 바다에두고 바다바래여 시인인것을……
>
> —「시론詩論」

미당은 일찍이 '천재 시인'으로 불렸지만 소처럼 우직하게 공부하는 태도를 좋아했다. 일흔이 넘어서도 러시아어를 독학하는가 하면 기억력의 감퇴를 막기 위해 매일 아침 세계의 산 이름을 암송했다. 그는 "세계의 명산 1628개를 다 포개놓은 높이보다도 시의 높이와 깊이는 한정 없다"고 말했다. 그 높이와 깊이를 가늠하기 힘들 정도로 장엄한 미당의 시들은 우리 겨레의 소중한 문화유산이다.

시인은 결국 대표작이나 애송시로 남는다. 한국 시인 가운데 대표작이 가장 많은 시인을 꼽는다면 단연 미당 서정주다. 소리에 대해 천부적인 감각을 지닌 미당의 시는 입으로 소리 내어 읊어야 그 깊은 맛과 아름다움을 제대로 음미할 수 있다. 시를 읽고 또 읽다 보면 어느 순간 저절로 외워지게 된다. 삶이 고단할 때 미당의 시를 읽으라. 외로울 때 미당의 시를 읽으라. 미당 시를 읽으면서 "마음 달래자. 마음 달래자. 마음 달래자."

미당 서정주 대표시 100선

눈이 부시게 푸르른 날은

1판 1쇄 발행 2025년 5월 30일

지은이 · 서정주
엮은이 · 윤재웅
기　획 · 동국대학교 미당연구소
펴낸이 · 주연선

(주)은행나무
04035 서울특별시 마포구 양화로11길 54
전화 · 02)3143-0651~3 ┃ 팩스 · 02)3143-0654
신고번호 · 제 1997-000168호(1997. 12. 12)
www.ehbook.co.kr
ehbook@ehbook.co.kr

ISBN 979-11-6737-561-2 03810